Mansos

Roberto Enríquez (Madrid, 1971) ha trabajado, sin éxito pero con afán, como redactor publicitario, directivo en una multinacional y otras aventuras tediosas que abandonó sin ninguna pena hace algunos años para dedicarse en exclusiva a escribir blogs en la edición web de *20minutos* o *Vogue*, convertirse en colaborador diario del periódico *Público* e incluso escribir novelas. Actualmente vive en Barcelona, felizmente casado.

ROBERTO ENRÍQUEZ

Mansos

CABALLO DE TROYA

Caballo de Troya
C/ Agustín de Betancourt, 19. 28003 Madrid
caballodetroya@rhm.es

Director literario: Constantino Bértolo

Diseño de la colección: Departamento de diseño de Random House Mondadori / Ferran López

Publicado por Caballo de Troya, un sello de Random House Mondadori, S. A.

Primera edición: marzo de 2010

Printed in Spain – Impreso en España

ISBN: 978-84-96594-42-5
Depósito legal: 2.577-2010

Fotocomposición: Anglofort, S. A.
Impreso en Limpergraf
Pol. Ind. Can Salvatella
Mogoda, 29-31 - 08210 Barberà del Vallès

Encuadernado en Encuadernaciones Bronco

CT 9 4 4 2 5

Para «Nacho», que nunca fue.

Para Mauricio, porque tenía que ser.

1

Borracho

Borracho.

Ni me acabo el gintonic.

«Me marcho, me voy. A casa, estoy cansado», muy despacio, a mis amigos que en la barra del bar, eufóricos, ni me escuchan despedirme, porque las últimas palabras las digo ya fuera «... A casa, estoy cansado». Y borracho; no tanto como para no darme cuenta de cuánto

[tanto cuenta cuánto... (Isabel como Fernando...)]

Ya fuera. Como si hubiera salido de allí apoyándome en el aliento sólido que expelo al hablar, y hubiera ido avanzando, primero con una mano, después con la otra, desde las primeras palabras, «Me marcho», para ir dándome impulso, como esos pacientes que acuden en silla de ruedas hasta las salas de rehabilitación de un hospital, a quienes alguien levanta para instalar erguidos entre dos barras horizontales a las que deben sostenerse, una mano en cada una, para ir avanzando a pulso, entre sudores y dolor; hasta encontrarme a la puerta del bar, ya fuera. «Cansado.» Me suelto muy despacio.

«Borracho»,

—pienso.

Borracho pienso doble: por un lado, una parte de mi cerebro ejecuta torpemente las tareas más simples, mientras la otra cavila todo el tiempo, me ve caminar a trompicones a la vez que elabora madejas mentales de ideas sin desovillar, que giran enredadas, que tal vez —pienso, cuando estoy a punto de resbalar del bordillo de la acera y caer— intenta desenmarañar ese otro lado, y es por eso que tropiezo; porque me enredo en ellas. Será por eso que tengo un lado de la cabeza que piensa y otro que se cae.

Que mi cerebro borracho es mitad mi mano que le lanza un ovillo a mi otra mitad, que es un gato que corre a atrapar el ovillo sin mirar alrededor, obsesionado juguetón. El gato.

Borracho. Yo.

Me pierdo entre callejas, callejuelas, pequeñas, mal iluminadas, vacías —por mal iluminadas nunca hay nadie, o porque nunca hay nadie no las iluminan, para qué, si siempre están vacías... no lo sé.

Me pierdo hasta que encuentro

San Bernardo, la boca de metro de Noviciado, cerrada, claro, a estas tres de la mañana cerrada, claro.

Taxi. Un taxi, ¡venga! uno libre, que me duelen los pies y empieza a llover, llueve, y todos

los que pasan,

pasan

pasan ocupados,

¡TAXI! Confundo los semáforos en verde con luz verde de libre, pero no.

«Con luz verde de libre.»

«Estoy cansado»

—pienso

en sentarme en un banco, que no encuentro alrededor, en sentarme en la acera, tan sucia. En volver al bar con mis amigos, si supiera llegar, no me pareciese tan lejos o estuviera seguro de que siguen allí,

—pienso

en entrar a la sauna, que está aquí al lado. Entrar y sentarme, fumar, ducharme, follar, pagar 40 euros. Hasta que el metro esté abierto, haya taxis o tenga ganas de llegar andando hasta Cibeles y ahí tomar el autobús hasta mi casa.

¡TAXI! Mierda. Que acaba de parar

la zorra ésa Que acaba de llegar

y yo llevo más tiempo. Un cuarto de hora. Mierda y son las tres y cuarto.

Pienso

en otros tiempos; cuando los taxistas se paraban ante el cliente a quien primero habían visto alzar la mano, y no al que estuviera más próximo, como ahora. Pienso en esos y en estos tiempos, y creo que ahí puedo elaborar una teoría del signo de los nuevos tiempos, que me siento incapaz de plantear con una mínima lucidez, pero que tiene algo que ver con la diferencia entre aguantar digno y estoico, seguro de la utilidad de la señal precisa —que resulta ser inútil— o aparecer en el momento oportuno para ganar.

Si esa hijadeputa ha conseguido uno es que aún hay libres o que ha cogido el último. Siempre me pregunto lo mismo:

por los taxis

por las horas

porque ando tan borracho tan tarde

porque elijo marcharme siempre a la mala hora cuando por ley municipal cierran los bares, cuando todos se retiran a casa, pero yo hoy no. Yo no esta noche, no. Esta noche yo

voy a entrar a la sauna

a sacar 300 euros del cajero

porque no hay taxis

Taxi. Taxi. Taxi. NO. Sauna. Cajero. ¿Taxi? No. Trescientos euros al monedero. Sauna. ¿TAXI? No.

Sauna.

Sauna Adán: donde los chaperos te follan por 40 euros. Sauna Adán, con nombre del primer hombre, que los clientes no pronuncian, dicen Adan, como Adam; átona, laica y extranjera Ádam, y no bíblico Adán. La Ádam. En femenino.

Sauna Adán: ENTRADA SAUNA una flecha en el portal, izquierda, antes de tocar el timbre zumba la puerta, chasquea la cerradura: TIRAR. Hacia mí. Tiro. Abrir y entrar.

11 euros —me dicen— 11 €

—pienso. En que Warhol apuntaba en sus Diarios lo que gastaba al día,

no en saunas, lo que se gastaba en saunas no salía

porque empezó a dictar sus Diarios en los 70 cuando ya era muy famoso y no podía,

porque además llevaba peluca y no se puede ir a saunas con peluca

SaunaS —como su propio nombre indica. Un paréntesis que va haciendo eses. De follar para que no pase nada, ni quitarse la peluca.

Sin consecuencias: a la hora de comer un día cualquiera, antes de ir a cenar con unos amigos, antes de volver a casa a dormir después de haber cenado con amigoS.

11 euros y a cambio, en un cajón de madera, en el hueco de metal entre los dos, abajo en la mampara de cristal —en un hueco recubierto de metal, como de caja de ahorros primitiva— un cajón de madera y dentro, una llave y un número en metal troquelado —el 26—, los dos enganchados a una pulsera de cuero para llevar en la muñeca.

Dentro, me preguntan por mi número de pie —42— (mentira , como siempre; tengo uno menos, pero siempre me compro y pido el 42. Como si un pie mayor me hiciera mejor, hablara de mí mejor, más alto).

40. 11. 26. 42. Los 18 que tenías y los 16 que hace de entonces.

40. 11. 26. 42. 18. 16: euros. €. El número de la taquilla. Mi número (falso de pie). Los años que acababas de cumplir. Los que han pasado.

Taquilla 26, el monedero al bolso, el bolso sobre una silla de plástico a mi lado. Me desnudo: la gabardina en una percha, la guardo en la taquilla, después las botas —me siento en la silla— los calcetines dentro de las botas —me calzo las chanclas del 42 y me pongo de pie— el jersey, doblado en la base interior de la taquilla, el pantalón, que cuelgo en otra percha, la misma donde dejo la camisa, que cuelgo junto a la gabardina.

Saco una toalla, la extiendo —me puede servir—, me quito los calzoncillos, los guardo en la taquilla y me ajusto la toalla a la cintura a duras penas. Saco el Camel del bolsillo de mi gabardina y cierro la puerta de la 26 con la llave que me pongo en la muñeca, la pulsera de «cuero bueno, debe de ser», pienso; porque son las mismas que te dieron en 1989.

Voy hasta el bar, pido dos cocacolas, fuego al camarero, muestro mi número, me siento en un sofá.

2

Tú aquí

Tú, aquí. Con 18 años la primera vez.

Las mismas pulseras —de cuero bueno, deben de ser— que te dieron en 1989.

Con Nacho. Tu primer Madrid de noche, después de una incursión en el Retiro aún con luz de día, para mostrarte la zona de *cruising*, liguegay, «según entras por Moyano, a la izquierda del Ángel caído. Acuérdate de eso; así no te pierdes». A la siniestra de Lucifer.

(A la siniestra de Lucifer, los más jóvenes y guapos se sientan sobre los respaldos de los bancos, solos, uno por banco; los otros —mayores, menos jóvenes y menos guapos, algunos de ellos con traje y con corbata— caminan, recorren los senderos, primero en un sentido, después en el inverso, a continuación en el primero, otra vez..., hasta que se aburren y se marchan, o se dejan caer sobre el asiento de un banco desocupado, o uno de los chicos, desde la elevada incomodidad de los respaldos, les devuelve y sostiene la mirada; entonces se quedan con él, ahí, de pie, hablan los dos.

Es un instante lo que duran las miradas, un instante que se repite en lapsos irregulares que marcan el recorrido; un recorrido que comienza con miradas a ambos lados, a todos los muchachos sentados, a todos los hombres con los que se cruzan en el camino de tierra, miradas que se van reduciendo según los otros fueron girando la cabeza de un modo brusco, para hacer así notorio su desinterés, con un gesto que en otro lugar, en un contexto distinto, pudiera parecer de mala educación, pero aquí es simplemente un código asumido, nada más. Cada vez menos miradas en el paseo, al cabo de varias vueltas sólo se mantienen unas pocas, y de estas sólo una adquiere el estado sólido que determina detenerse e inaugura la conversación.)

Al salir del parque, Alcalá cuesta abajo, Gran Vía arriba hasta Chueca año 1989, donde en insalubres tugurios oscuros te decepcionó no haber dado con los compatriotas que habrías esperado encontrar en tu jornada inaugural; habitantes de ese imaginario país marica al que se encargarían de darte la bienvenida nada más verte atravesar la puerta, tras rozar con sus dedos los arañazos que te marcaron la cara al cruzar la alambrada desde Otro País, el mismo del que ellos habían huido, donde eras único, o eso creías tú, para de repente ser uno más, o eso creías tú, y te equivocabas: jamás se es único, jamás se es uno más. Se está siempre solo. Y solos no sabemos nada del resto como para averiguar quiénes somos únicos ni idénticos. Constantemente en tránsito, turista permanente, sin tiempo suficiente para considerarse frente a los demás.

Esta Sauna Adán después del último bar. Esta Saunadan.

Con Nacho. En la facultad. «¿Tú entiendes?» en la puerta del aula una mañana, era octubre. «Si entiendo, ¿qué?» Tu desconocimiento de los códigos, tu homosexualidad en libros ajenos, en películas o en tus fantasías pajurientas, desde que despediste a la tetona que en tus pajas se follaba a los hombres que empezaron, por fin, a follarte a ti.

«Que si entiendes, ya sabes, que si eres homo.» No, no sabías; Nacho lo entendía todo muchísimo mejor que tú, se daba cuenta, y por eso había decidido llevarte allí, mostrártelo esa noche, aunque nunca llegaras a saber por qué a ti. Ni por qué no contigo.

¿Cuánto costaba la entrada entonces? No te acuerdas. No lo sabes, porque Nacho pagó las dos. Lo seguiste a las taquillas y os quitasteis la ropa, la guardaste doblada y al imitar su manera de ceñirse la toalla a la cintura, descubriste que a la tuya le haría falta un palmo más para taparte, poderla sostener alrededor, como hacía él. Ya estabas gordo antes de entrar, pero nunca tanto como mientras sostenías esa toalla con ambas manos frente a ti, mirabas a Nacho: se desternillaba de la risa, te pedía perdón, que esperaras un momento, jajajaja, él iba a pedir, jajajaja, otra toalla mayor al chico de la puerta.

Entonces te volviste a poner los calzoncillos, y abriste la taquilla para meter la cabeza dentro, como si estuvieras buscando algo entre tus cosas —como si fuera un horno a gas de una cocina norteamericana de los años 40 y tú, su compatriota y coetánea ama de casa, hubieras abierto la espita justo antes de meter la cabeza, tras comprobar decepcionada que esa boca de tierra por la que habías rogado ser engullida no se abría. Qué vergüenza, qué horror y qué vergüenza. Tantos meses esperando el regreso de tu marido a casa desde el frente —qué vergüenza— para entregarle a su llegada una gorda en casa, a su mujer hecha una gorda —qué horror—, a ti. Tu marido, que con tanta ilusión había comprado esos sugerentes delantales de encaje en París, acababa de descubrir que habrían hecho falta varias tallas más para poderte ver con ellos puestos y, entre avergonzado, triste y repugnado, te había pedido que esperaras, que le dejaras comprobar si le quedaba alguno más en la maleta, alguno que tuviera una cinta más larga. «Pruébate éste... PERO, ¿qué haces ahí?» —Y qué vergüenza— por si las ganas de llorar iban a más y no aguantabas. Pero aguantaste y te ceñiste la enorme toalla que Nacho te puso sobre el hombro, «¿qué haces ahí?, ¿estás bien?».

«Estoy cansado, ¿qué hora es?» «Da igual, aquí la hora no importa.»

Nacho y tú solos en la sauna finlandesa, sentados en uno de los bancos de madera, charlasteis. Nacho quiso saber si siempre habías sido gordo, si era algo hereditario o un problema de salud. Si tus padres eran gordos, si habías pensado alguna vez en adelgazar. Nacho más borracho que tú, más locuaz y tan sincero, «la verdad es que tienes unos ojos preciosos, pero un culo horrible». Muchas gracias, pues qué bien, de puta madre. Y lo mismo debió de pensar el resto de la clientela, que esa noche te ignoró, mientras Nacho se follaba a dos o tres, te contó luego. Unos ojos preciosos y un culo horrible, la constitución perfecta para sentarte en el bar y ver la película a esas horas en la televisión: «Mi desconfiada esposa», de Vicente Minelli, con Lauren Bacall y Gregory Peck, que habías visto con tu madre, hacía años, en el salón de vuestra casa ella y tú solos, los dos. En la misma casa a la que esa noche no irías a dormir. Que te quedarías donde Nacho, aunque no te dieran permiso, no llamaste para pedir permiso; llamaste para avisar de que esa noche no irías a dormir, que te ibas a quedar donde Nacho. Acababas de cumplir 18 años y no te importaba el consentimiento de tus padres, ni la bronca que te esperaba al día siguiente, al llegar para comer; llamabas porque lo peor no era el enfado, era la preocupación. Porque preferías su enfado —que te distanciaba de ellos— a su preocupación —que te situaba en el centro de su vida, aunque fuera por una noche, solamente. Y no querías que ellos se preocuparan por ti, porque era igual que cuando de niño te querían regalar un coche teledirigido, una maqueta de tren o una motocicleta, y te negabas y decías que era demasiado caro y no les querías deber nada más.

Que se enfadaran contigo, que te retiraran la palabra durante toda la siguiente semana, pero que no les quitara el sueño preguntarse dónde estabas. «Con Nacho. Mañana voy.» Borracho. También aquella vez.

3

Mi desconfiada esposa

En *Mi desconfiada esposa*, Lauren Bacall es una diseñadora de modas culta y elegante, que se casa con un periodista deportivo, gañán y zafio —Gregory Peck—, a quien el mejor amigo de ella desprecia y no considera un marido digno. El mejor amigo de ella; un coreógrafo marica, siempre a la gresca con Gregory Peck. Tú. Que te creías el amigo de tu madre y despreciabas a tu padre por no estar a su altura, que no entendías por qué se había casado con él, que cuando los habías escuchado follar habías interpretado los gemidos de tu madre como quejas, y los jadeos de tu padre como una muestra más de su carácter primitivo, brutal animal.

El mejor amigo de ella eras tú, y estabas allí, rodeado de viejos que también veían la película mientras Nacho follaba, por ahí, arriba. Gratis, como era entonces. Como lo fue para ti hasta algunos años después de aquello, cuando un chico te preguntó si querías que te diera un masaje, lo que te pareció una simpática manera de ligar hasta que te pidió dos mil pesetas después de que aceptaras su invitación que, obviamente, no lo era.

Mientras Nacho follaba por ahí arriba, gratis, como era entonces. Por ahí arriba, un espacio inmenso que con los años y tus visitas se fue reduciendo hasta el tamaño preciso de la realidad, que ocupa la planta calle donde tras la puerta que se abre con un zumbido y un chasquido de los goznes, se encuentra la recepción, tras cuyo panel de cristal, que va desde la media altura de un mostrador hasta el techo, el empleado de la sauna recibe el dinero de la entrada y entrega a cambio una llave. La de una de las taquillas que quedan al otro lado de un vano sin puerta que comunica la recepción con el interior de la sauna —sinécdoque espacial que podría hacer pensar a los no entendidos que las saunas gays son lugares donde los hombres van a follar y a que les follen entre vapores o sobre calientes listones de madera escandinava. No es así. No solamente—, el otro lado al que se accede sin abrir ni cerrar, sin chasquidos, que es en realidad un hueco enorme, casi una prolongación de la entrada, un cuarto que simula un vestuario, como de gimnasio, lleno de taquillas numeradas —del 1 al 200, por ejemplo—, una de las cuales [26] es esta noche la tuya, y frente a la que te desnudas. Donde guardas toda tu ropa y de la que sacas una toalla blanca que te encajas alrededor de la cintura —siempre dudas entre ponértela sobre la barriga o debajo de la barriga. Siempre te la acabas poniendo debajo de la barriga, tal y como te pones siempre los pantalones que de esa manera te quedan tan mal, caídos, tan feos.

[Tantos años con los pantalones anchos y ajenos a tu paquete y al culo ese que apenas tienes, tanto tiempo sin permitir ni un atisbo de tu virilidad así a primera vista, que tal vez por eso te obsesiona tanto practicar —hacer— TENER —sexo. Porque es el único recurso que te queda para saber que eres hombre aún. Detenernos en esto sería tratar de analizar sin demasiados recursos, inteligencia ni criterio, la extraña relación que tiene el sexo con tu cuerpo. Tú mismo con tu cuerpo, con tu sexo y con el sexo —«la verdad es que tienes unos ojos preciosos, pero un culo horrible». O remontarnos a aquella vez que tu psicoterapeuta te pidió que dibujases tu cuerpo y te dibujaste sin cabeza, un gordo sin cabeza le dibujaste. Porque para ti el cuerpo era lo que estaba debajo de tu cabeza. Un lastre casi inútil, molesto, que te servía para apoyar tu cabeza, mantenerla con riego y llevarla de un sitio para otro. Querías a tu cabeza, odiabas a tu cuerpo. No tan obvio. Más bien, cuidabas tu cabeza, descuidabas tu cuerpo. *Mens sana in corpore in sepulto* —una de esas respuestas disparatadas a exámenes que publicaba un profesor en antologías hilarantes que eran un drama y una manifestación pública de su fracaso, pero con las que él se forró durante una buena temporada.

Leías, pensabas, escuchabas. Comías lo que fuera, bebías demasiado, apenas te movías. *Mens sana in corpore in sepulto.* De repente, el chiste era una posibilidad. Porque, de pronto, la buena de tu cabeza decidió hacer con tu cuerpo lo que tú ya estabas haciendo, y algo en tu cerebro comenzó a dirigir un perverso plan de acción dirigido contra los músculos de tu cuerpo, a dejar de segregar mielina, que es una sustancia que «engrasa» los músculos y cuya carencia los iría dejando progresivamente inmóviles. Esclerosis múltiple. Con un grave error inicial que te haría ver lo estúpido de todo: empezó por atacar uno de los músculos que controlaban el nervio óptico derecho. Imposible leer, escribir, seguir aprendiendo...]

Cierras la puerta de la taquilla con casi todas tus cosas dentro, y a sólo unos cuantos pasos está el bar, cuya barra se comunica con el cubículo del recepcionista quien, en la mayoría de los casos, ejerce también las funciones de camarero o más literalmente, de barman. Pides dos cocacolas, te sientas en una butaca y te quedas dormido.

De una de las esquinas del bar, la más alejada del distribuidor de vacíos que comparte la ventanilla abierta de la taquilla al interior y que lo comunica con el acceso a las taquillas, sube una escalera de dos tramos hacia el primer piso, donde se encuentran las cabinas privadas; diminutos cubículos equipados con una colchoneta forrada en plástico que descansa sobre un poyo que se eleva aproximadamente un metro del suelo, y con un espejo de cuerpo entero encastrado en la pared frente a la puerta que puede cerrarse con el pestillo del pomo redondo. Un espejo de un solo cuerpo entero, que no llega hasta el pedazo de pared donde se eleva el poyo, que no sigue lógica de burdel o de Las Vegas, que no sirve para que los amantes se contemplen mientras tanto, sino para que quien ocupa la cabina pueda observar el reflejo de quienes se apuestan en la pared, frente a la puerta. Pueda verlos sin mirarlos y calibrar si los efectos del roce de la mano sobre la toalla son prometedores, si la palma cubre, abarca o contiene; o si la turbia mirada de vicio merece una invitación a entrar y el posterior desembolso de 40 euros que han cambiado tanto las cosas y ahorran el miedo al rechazo, el rechazo. No más «¿valdré?». La cuestión es ahora si valdrá lo que cuesta. O algo más. Al fin y al cabo, 40 euros son una mierda.

De ese primer piso, un sencillo laberinto de puertas abiertas o cerradas de cabinas llenas o vacías, baja la escalera en dos tramos hacia el bar. Cruzarlo de nuevo hasta llegar a la zona de las taquillas para bajar otra escalera al sótano, que alberga las saunas —la finlandesa y la turca, una enfrente de la otra, separadas por un corredor que se ensancha ante sus dos puertas, no siempre cerradas, como debieran. De madera la de la finlandesa, de aluminio la turca. Nunca hace suficiente calor en la sauna finlandesa. Y el constante goteo del techo de la sauna turca resulta desagradable, es tan repugnante sentir una gota de un agua espesa sobre la cabeza o el hombro como lo es sentir al sentarse el contacto de la piel de la espalda o de los muslos con los baldosines húmedos que recubren las paredes y esa enorme bancada a dos niveles que ocupa toda una pared, como un par de filas de asientos de unas gradas en una plaza de toros, o de un estadio sin butacas. O como los dos últimos escalones de bajada al infierno. O los dos primeros de subida.

A la salida de la sauna turca, una puerta a la derecha, los cuartos de baño frente a la escalera que sube de nuevo hasta el bar. A la izquierda, un pasillo que termina en un par de escalones, antes de los cuales, se abre el espacio abierto que ocupan las duchas comunitarias, sin mamparas ni puertas ni divisiones. Nueve grifos dispuestos en tres paredes que serían un cuadrado de no ser por el vano que da acceso a él, y lo deja sin uno de sus lados. Nueve grifos en tres paredes; tres en la derecha, tres al frente, tres en la izquierda. Nueve grifos y seis dosificadores de jabón en las paredes —dos, dos y dos. Que pueden contarse desde el banco de plástico apoyado en la pared del pasillo con vistas a las duchas. Un banco de plástico de folleto de ofertas veraniegas de supermercado de barrio, o de apartamentos de playa. Un banco de jardín tristísimo, paupérrimo. Un banco de piscina comunitaria, de urbanización de medio pelo con pocos vecinos de clase media, hipotequeros, recién casados, una de esas urbanizaciones «conejera», que empiezan con las viviendas recién construidas habitadas por parejas y van, meses más tarde, llenándose de niños que llegan como parte de la progresión natural de la nueva naturaleza clase media periferia: coche utilitario, boda, piso en propiedad, niño o niña...

Un par de escalones suben a la derecha desde el tramo del

pasillo que da a las duchas, desde la pared donde se apoya el banco de saldo, hasta la sala de porno. A oscuras, con butacas mullidas y una pantalla grande donde se proyectan los cuerpos que ahí no están. Al salir de ella, de nuevo dos tramos de escaleras que suben hasta el bar, hasta los sofás que quedan frente al televisor. Donde Nacho fue a buscarte para ir juntos al jacuzzi cuando hubo terminado de follar, una, dos veces, te contó después.

Pero —IDIOTA— ni tu madre era Lauren Bacall, ni tú su mejor amigo, ni Nacho te había llevado a la sauna para follar contigo. Aunque aún mantenías la esperanza cuando te pidió que le acompañaras al jacuzzi, que compartisteis con otros dos hombres, que hablaron entre sí mientras observaban cómo el semen chorreaba del culo de alguien que se estaba duchando: «La gente no se entera, esto va en serio». SIDA. Lo sabías, lo viste, y a ti también te asustó; como si te hubieran mostrado el virus maléfico dentro de un tubo de ensayo, como si hubieras estado espiando en el laboratorio de algún demente científico malvado, enemigo de Spiderman. (Spiderman aún, ¡a tu edad!...)

Nacho no te tocó un pelo. Ni tú a él —«la verdad es que tienes unos ojos preciosos, pero un culo horrible. Aunque yo tengo buen culo, pero me estoy quedando calvo»—. Tampoco en su casa, cuando llegasteis en su coche, donde durante todo el trayecto respiraste a tragos y soplos muy breves, por el miedo a quebrar la finísima lámina que vibraba entre tu estómago y tu pleura, donde mantenías una minúscula ridícula —esdrújula— patética confianza en la posibilidad de que, al menos, fuerais a dormir juntos, que era lo único que de verdad te había atraído del plan que Nacho te propuso en clase, «el sábado, si quieres, salimos por ahí, y después te vienes a dormir a casa». Pero no. Al llegar a su casa, él te cedió su dormitorio y su cama, y se marchó a dormir a otra habitación. Ya podías respirar hondo. Ya daba igual. Tan hondo que el aire tomó peso, y nada más sentarte en el colchón, las patas de la cama cedieron y se fue al suelo, contigo encima, en una estruendosa plancha horizontal que cargó contigo hasta abajo.

—¿Qué ha pasado? —Nacho alarmado por el ruido, nada más abrir la puerta de la habitación y verte en el suelo—: ¿Estás bien?

—Creo que te he roto la cama.

—No, no, no creo. Y tú, ¿te has hecho daño?

Nacho te ayudó a ponerte de pie, desplegó bien las patas del somier, que no debían de estar bien ajustadas cuando te fuiste a sentar.

—Ya está.

(Spiderman de mierda; de nada te han servido tus superpoderes: los hilos que lanzaste no aguantaron tu peso. Acuérdate.

Lo que ahora yo recuerdo, a ti se te olvidó.)

«Estoy cansado.»

4

Ya sabes cómo soy

Las ganas de mear y un desagradable olor a desinfectante me despiertan con el pánico a haberme meado encima mientras dormía. Me rozo la entrepierna, con disimulo (cuando aquí todo el mundo se toca la polla sin ningún recato): seca. El amoniaco huele más fuerte en otro lado. La boca pegada por dentro, los labios secos, una película en blanco y negro en el televisor que cuelga como en un bar de carretera a las cuatro menos cuarto en el reloj de la pared, como en la sala de espera de un hospital público, una oficina de empleo o una estación de autobuses o de tren. Algunos chaperos duermen en otros sofás alrededor y uno de los empleados de la sauna pasa la fregona por el suelo e impregna el lugar de peste a morgue, o a lo que podría haber sido mi propia orina, y ni me mira. Vuelvo a ceñirme la toalla antes de incorporarme, zafarme del sillón. Me pongo de pie, esquivo la variedad de piernas estiradas —velludas y robustas o huesudas, lampiñas y fibrosas—, bajo a mear y de ahí a las duchas, con el agua fría, debajo, me quedo quieto pensando «qué mal». Hablando solo, «qué mal», pensando «qué va a ser de mí», y aunque no hay nadie más me cubro con la toalla para recorrer el corto pasillo hasta la sauna, donde me la quito para secarme con ella lo justo, antes de romper a sudar, y salgo.

Todo parece más sucio con resaca, menos iluminado, más insalubre, asqueroso. Todo está sucio y oscuro. Un par de escalones suben a la sala porno, con una pantalla grande y butacas mugrientas, todas vacías excepto una, a cuyo ocupante no distingo desde donde estoy de pie al fondo de la sala, con la escasa luz que proyecta la pantalla —un par de hombres disfrazados en cuero negro fuman en el escenario de un callejón oscuro, sobre el respaldo de un banco— no veo bien cómo es quien está ahí sentado viendo la película; si se masturba, está despierto, es joven o cliente, o es joven y cliente, como yo, que me acerco, camino hasta él y descubro que es joven, magrebí y profesional cuando me siento a su lado y se abre la toalla para mostrarme su erección, que observo sin pudor y sin pasión, tal y como se magrea la pareja de actores, tal y como el chapero se masturba con la mano derecha y me muestra la izquierda con cuatro dedos levantados, sin pudor en su gesto, pero con tal mirada de interés por la película que pudiera contener pasión, como si un chapero pudiera apasionarse por una mala escena pornográfica ejecutada con tediosa frialdad rutinaria, como si le excitara o como si lo que le excitara estuviera más allá: imaginar ser uno de los actores y ganar por una hora de trabajo lo mismo que en un día entero en esta sauna, follando —además— con hombres guapos, con hombres con tetas, con algunos hombres con más tetas que su novia, Sonia, a quien llama por teléfono de vez en cuando y le cuenta que trabaja en un bar, de camarero. Empalmado por la posibilidad, se masturba con desgana, tal vez únicamente para demostrarse que él también puede aguantar una erección lo que dura la escena, que su polla es tan digna, o más, que las suyas, y que por cuarenta euros me dejaría chupársela ahí mismo, e incluso se correría a la vez que los dos hombres en pantalla.

—¿Te gustaría ser actor porno?

—¿Qué? —No me mira, sigue absorto en la escena pornográfica, que evoluciona hacia lo que me parece un número circense o una barata telepromoción de muebles de jardín, que se sirve de un par de enérgicos cachas para demostrar la enorme resistencia de la madera utilizada para la elaboración de ese banco que al principio me pareció de atrezzo pero gracias al sexo duro y real recupera a mis ojos su nobleza material.

—Que si te gustaría ser actor porno...

—No. Gano más aquí y nadie me ve.

Afortunadamente, porque cuando me he oído preguntar, con la voz cascada de recién despierto con resaca, me he dado miedo, me he imaginado prometiéndole una carrera en la industria pornográfica, «soy productor», porque además de cliente, puedo ser lo que quiera. Pero no. Se gana más aquí y nadie lo ve. Me parece muy bien, me levanto y me voy. Aunque marcharme así sea como haber dicho que soy productor de porno en busca de talentos nuevos. Salgo de la sala porno y qué miedo me doy y perdóname, Sonia, ya sabes cómo soy. (¿Cómo soy? Cliente. Joven (trentaicuatro). Gordo. Guapo. Rico. Homosexual. Alcohólico (ni drogadicto ni un genio, Truman). Inseguro. Paranoico. Nervioso. Risueño. Y educado.)

Subo, vuelvo al bar, lo cruzo, cojo las escaleras para ascender al primer piso, hasta la zona de cabinas privadas; recorro los pasillos casi a oscuras, solamente iluminados por la luz del interior de las cabinas encendidas, donde se ven las colchonetas vacías y raídas. Las pantallas proyectan más películas pornográficas, más veces la misma, distinta a la de abajo. No me tientan las propuestas de los pocos muchachos que ejercen, apoyados en los quicios de la mancebía; me muevo entre ellos y me rozan al pasar para que les atienda, los miro amablemente y sonrío porque quiero ser un buen cliente. Pero ninguno me gusta tanto como para gastarme el dinero en él. Si fueran gratis, me habría encerrado en una cabina con el primero que me hubiera acariciado el brazo. Pero no lo son. Hay otras saunas sin profesionales, y también hay bares para ligar, pero no voy nunca a esos lugares; se pierde demasiado tiempo y se arriesga demasiado el ego. A veces creo que debería; lo mismo que a veces pienso que tendría que dejar de comprar tantos libros y empezar a sacarlos de la biblioteca —nunca coinciden las veces en las que pienso en cambiar de saunas o ir a bares con las veces en las que me reivindico las bibliotecas. Las saunas de amateurs son al sexo lo mismo que son a la lectura las bibliotecas. Conocer a alguien en un bar y llevármelo a casa es al sexo lo mismo que las librerías a la lectura; iguales en sus diferentes compromisos de elección: comprarse un libro o salir con un desconocido de un bar rumbo a su casa o a la mía, exige una tensión previa decisiva (no puede ser cualquiera). Follar con un desconocido no profesional en una sauna es como sacar un libro de una biblioteca: nos permite probar cosas nuevas sin miedo a equivocarnos. Si el polvo no va bien, puedo detener el coito a medias, educadamente, salir de la cabina, ir a ducharme y buscar a otro para encerrarme con él, a follar. Lo mismo con los libros de una biblioteca: puedo detener el coito a medias,...

¿En qué momento empecé a ser un cliente?

Llego hasta el final de uno de los pasillos, doy la vuelta, niego un par de veces más con la cabeza y una sonrisa (Risueño), vuelvo a bajar las escaleras hasta la planta baja, donde algunos putos ya se han despertado y ven la televisión, algunos tirados en los sofás, otros apoyados en la barra. Cruzo entre ellos sin mirarlos, porque supongo que están descansando y no tengo derecho a molestar; llego hasta las escaleras que llevan al sótano y nada más llegar abajo me siento enfrente de las duchas, con los huevos al aire —la toalla apenas da para cubrirme, aún menos cuando me siento—, en un banco de plástico. Las saunas adelgazan, pero no por efecto del sudor, sino por la cantidad de metros que se recorren, escaleras arriba y abajo;

de las duchas a la sauna,

de la sauna al baño turco,

del baño turco a la sala porno,

de la sala porno al bar,

del bar a la zona de cabinas,

de la zona de cabinas a las duchas de nuevo, donde hago un descanso en un banco de plástico, con los huevos al aire contemplo fascinado a un hombre negro que bajo el agua de la ducha se empapa la cara, la cabeza, los hombros, el cuerpo entero; a mi lado se sienta otro de los chicos, un muchacho rubio, quizás eslavo, otro de los chaperos —supongo que habituales, no lo sé, no vengo tan a menudo como para saberlo— me sonríe, pone su mano en mi muslo y me sonríe. Yo no. Yo lo miro un momento, para confirmar que sé que está ahí, que me he enterado, y vuelvo a mirar al hombre negro que se ducha, se enjabona la gran polla hasta ponérsela dura y la acaricia de arriba abajo (de abajo arriba no es acariciar; es masturbar). El hombre negro no ha mirado hacia mí, no sabe que no le quito ojo, pero el rubio sí; se levanta, no me mira, ni siquiera se despide, y va hacia él, le habla y creo que —en un loable gesto de honestidad profesional— le hace ver que no paro de mirarle, «El gordo no para de mirarte. Me he sentado a su lado y no. Para ti», imagino. (Paranoico) El hombre negro cierra el grifo de la ducha, se seca con la toalla mientras me mira, mientras me mira se acaricia la polla dura a través de la toalla que se acopla perfectamente a su cintura y viene hacia mí: «¿Vienes?». Yo me levanto y obedezco, yo obedezco a preguntas en lugar de responder; voy tras él escaleras arriba, hacia la zona de cabinas otra vez.

Yo no tengo la polla dura. (Nervioso)

Pienso en que no soy tan mal cliente: gordo, pero joven. Guapo, dicen algunos. Guapo, dicen que soy. (Rico) Dispuesto a pagar los 40 euros que cuesta un polvo (barato, si lo comparo con la tarifa de aquel chapero cubano drogadicto, con piso en plena Milla de Oro madrileña: 150 euros por una hora, de la cual pasé tres cuartos tratando de conseguir que tuviera una erección), tan mal cliente no creo ser (pero tampoco tan bueno como para provocar una erección a una polla de gran calibre, propiedad de un cubano puesto hasta las trancas que se terminó corriendo en mis tetas mientras me masturbaba hasta que me corrí. Por eso los 150 euros tal vez no fueran una estafa; seguramente uno barato me habría tenido que pedir que me marchara sin pagar, y sin follar).

No la tengo dura, porque los gordos somos graciosos, no babosos. Porque los gorditos somos buenas personas, no unos rijosos. Y no se me va a poner dura hasta que el prostituto negro me diga que le gusta mi culo, que me quiere follar. Hasta que me pellizque los pezones y me roce los labios con su polla y la note en mi lengua, la moje lo justo, sin demasiada saliva, me moje los labios para suavizarlos, rodee con ellos su glande, presione suavemente y sienta como me va entrando en la boca, encima de mi lengua, que amortigua y protege del filo de los dientes. Hasta que me la meta entera, hasta la garganta y finja que piensa que tengo razón: no soy un mal cliente, la verdad. El chico rubio tenía razón, yo se la di. Yo tenía razón y el prostituto negro me la da. Ser un buen cliente y tener la razón; ojalá pagar me liberara de todo esto, pero no. Ojalá bastara con pagar para no desear ser bueno. Bueno en lo que sea. (Inseguro)

De cuclillas frente al hombre negro sentado en la camilla, me trago todo lo que puedo de su hermosa polla y masajeo la mía, ya dura, mientras él hace lo mismo con mis tetas para que me guste, y me gusta. Mucho. Aún más si me llamara puta. Me gusta que me magree las tetas, que pellizque con sus dedos mis pezones hasta que me duelan, que de vez en cuando me atragante al empujarme su polla contra la garganta, que tenga los brazos largos y le lleguen las manos a mi pecho. Que diga que le gusta, que me pida que le diga que me gusta, que me gusta mucho, «que te gusta mucho mi polla, di». Me gusta ser un maricón, ya no un gordo. Ser una zorra, ya no un gordo.

«¡Qué mansos os volvéis cuando os follamos!» me susurra al oído con su lengua áspera rozándome la oreja mientras me penetra, su pecho contra mi espalda, yo de pie con los codos en la pared y él detrás, a horcajadas sobre la camilla, pellizcándome los pezones con los dedos, abarca mis dos tetas con sus manos, «¡pero qué mansos y qué putas!». Yo de pie, qué manso y qué puta. Puta de puto. Y me gusta, me gusta mucho, folla muy bien, muy bien, me gusta, me gusta mucho, tanto que pierdo el miedo a cagarme encima; cuando el placer es tanto se pierde el asco (no es asco; no siento asco de mi propia mierda: es vergüenza, pudor; sí, me avergüenzo de mi mierda). Es ahí donde se confunden el amor y el sexo: en que nos hacen perder el asco y el pudor. Limpiaría la mierda de alguien a quien amo sin sufrir arcadas, cruzaría un mar de algas para salvarle de ahogarse en el mar. Aunque me repugna la mierda ajena y el roce de las algas cuando nado en el mar me hace vomitar.

Me voy a correr, me muerdo la mano para no gritar, me muerdo los nudillos, me muerdo el dedo entero, subo y bajo con mis dientes por mi dedo, mientras él empuja más, más fuerte, y yo empujo hacia atrás, así, más, más fuerte, así, me voy a correr, me corro, me corro, me corro.

Me he corrido.

Joder.

Gracias. (Y educado)

5

Ahí

Antes de saberlo me doy cuenta, nada más salir de la cabina, «qué mansos os volvéis cuando os follamos», pienso, en lo manso que he sido y en lo distinto que parezco ahí afuera, casi fiero; demasiado bien vestido —no para gustar, sino para epatar; vestido para matar y marcar las diferencias con quienes no—, en mis andares maricas y desafiantes, mi falsa seguridad, la cabeza bien alta, mi enorme bolso naranja de marca en la mano...

AHÍ MISMO ENTONCES AHÍ

me quedo quieto, la cara me quema de dentro afuera, con un calor que es un color —rojo encarna un color, colorado—, me mareo y se me saltan las lágrimas; no, no saltan, no es exacta la expresión prefabricada: las lágrimas no saltan, lo que siento es cómo las lágrimas nacen primero como diminutos granos de sal puntiagudos que se me clavan en los globos oculares, van engordando de un espeso líquido que escuece y crecen bajo los párpados con la textura blanda afilada que recuerda la de los objetos de los sueños durante la fiebre, y reptan párpados arriba, no saltan, las lágrimas escalan a rastras y caen

AHÍ MISMO ENTONCES AHÍ

... mi enorme bolso naranja: intento recordar, verme guardarlo en la taquilla antes de cerrarla, tras ponerme la toalla; no antes, porque estuve sentado casi encima, en la silla, mientras me quitaba las botas. O cuando saqué el tabaco, sí, saqué el tabaco de la taquilla, pero —mierda, mierda— lo saqué del bolsillo de la gabardina. No puede ser. MIERDA.

Y me asalta una arcada, y me tapo la boca, y me mancha los dedos el vómito que estoy a punto de lanzar, y echo a correr escaleras abajo hasta el cuarto de baño sin puertas, me arrodillo frente a la taza y vomito la cena, el vino, las copas de después. Me ahogo, como si al llorar siguiera vomitando —oxígeno es lo que parece que vomito al llorar—, sin parar ni cuando me mojo la cara en el lavabo y me enjuago la boca, antes de subir de nuevo a las taquillas y encontrarme con Darío, el negro chapero que acaba de follarme me espera allí, me ve llegar, me ve llorar, sorber aire y expulsarlo, cada vez más despacio, poco a poco me calmo, me ahogaba al subir las escaleras y me fui calmando.

—¿Todo bien?

—No, no. El bolso, creo que me he dejado un bolso aquí, fuera. Antes, cuando he venido, no sé, no sé si lo he guardado, no, en la taquilla creo que no, voy a ver si aquí, aquí no está, ¿no?, un bolso naranja grande...

—No, no lo vi, no...

Al abrir la taquilla ya veo que no, lo sé, me había dado cuenta; tampoco está ahí.

—Voy a preguntar en la entrada.

—Ok. Cierra acá, ¿no?

—Sí, no sé, sí.

No. El chico de la entrada no ha encontrado ningún bolso naranja encima de las sillas. No, no se acuerda de haberme visto entrar con un bolso naranja. No, tampoco ha visto salir a nadie con un bolso naranja.

El chico de la puerta me mira como si me bautizara en una pila de agua no bendita, de saliva marica que me transformará en «la loca del bolso naranja» y me da igual: le debo 40 euros a un chulo, no tengo dinero, ni las llaves de mi casa, ni el teléfono móvil, ni mis tarjetas de crédito ni de débito, ni mi documento nacional de identidad, ni mi bolso naranja, con todo eso dentro. Un desastre; soy un desastre, y recibo la confirmación cuando veo acercarse a Darío con la llave de mi taquilla en su mano, con la llave y el 26 colgando de la pulsera, y «qué desastre», sonríe Darío al ponérmela en la mano y preguntarme si aquí lo habían visto.

—Muchas gracias, qué desastre... no, tampoco lo ha visto, no.

—¿Traías un bolso?

—¿Eh?

—Que por qué traías un bolso.

(De puta madre: un chapero que se cuestiona mi gusto por los complementos, y con una pregunta derrite la cera de las alas de esta tragedia que flotaba en el ambiente.

Llevo bolso porque es cómodo y me permite llevar los bolsillos vacíos, porque siempre que salgo de casa es para muchas horas y cargo con tantas cosas que no me queda más remedio: un libro, un cuaderno, un bolígrafo, un par de paquetes de cigarrillos, un mechero, el teléfono, la agenda, el monedero, un espejo de mano, las llaves de mi casa, el bálsamo labial, las gafas de sol, mi iPod, la cámara de fotos. Llevo bolso porque siempre me gustaron, por mi recuerdo fascinado de ese código de honor tan masculino que trataba como terreno vedado el interior del bolso de una mujer. Porque se han puesto de moda entre algunos hombres, una clase de hombres, y porque nunca supe qué hacer con los brazos y las manos al caminar, y un bolso reduce ese problema a la mitad.)

—No es mío; es de mi novia, que me lo dio para que se lo llevara a casa, porque ella se iba con unos amigos, a bailar. Pero no encontré ningún taxi...

—¿De tu novia?

—Soy bisexual.

—Ya.

—Llevaba todo dentro: el teléfono, la cartera, las llaves de mi casa. Se lo di para que lo guardara ella, antes de salir. No me gusta llevar nada en los bolsillos.

—¿Y te lo dejaste fuera, acá?

—Sí, no sé, como no tengo costumbre, me olvidé.

Darío chapero negro mira a su cliente bisexual blanco con una media sonrisa fría de quien sabe que le están mintiendo, e intenta hacer coincidir su mirada con la del empleado de la sauna, como si buscara la confirmación de que realmente lo vio entrar con un bolso hace unas horas, como si necesitara descartar alguna mentira, facilitar lo que no entiende; pero el chico de la puerta está atendiendo a un nuevo cliente en la puerta y no se percata del intento. Tampoco Mateo, que sigue mirando alrededor por si pudiera encontrar el bolso en cualquier sitio, por si su mala memoria fuera peor de lo que piensa y lo hubiese soltado antes de llegar a las taquillas, pero no lo ve por ningún lado; cualquiera podría habérselo llevado o podría seguir ahí dentro, guardado en alguna taquilla. No hay modo de saberlo.

Mateo siente en su boca el regusto del vómito y dentro de su culo los restos viscosos del lubricante mezclado con mierda, también sudor, «tengo que ducharme» y baja las escaleras todo lo deprisa que puede, se suelta la toalla, que inspecciona en busca de algún rastro y parece limpia, presiona con fuerza el grifo de la ducha y se deja empapar, bebe y escupe, se separa las nalgas con las manos para dejar correr el agua entre ellas, y después coloca su cabeza bajo el grifo mientras se sirve jabón del dispensador de la pared que, casi vacío, escupe el gel blancuzco en diminutas dosis aguadas que Mateo va acumulando en la palma de su mano, lejos del agua que cae, hasta que cree que es bastante y comienza a enjabonarse, primero del mismo modo en que lo haría cualquier mañana, antes de salir de casa, después, cuando reacciona, en un orden distinto, en el orden del asco: primero entre las nalgas, después la polla, el pubis, estómago, axilas, pecho, axilas, de nuevo entre las nalgas, más profundo. Más gel, más, más, más, más. La polla, el pubis, dentro de los muslos, los muslos, el pecho, la barriga. Aprieta de nuevo el grifo y cae el agua fría, que va arrastrando la espuma del cuerpo de Mateo que recita en voz baja «no hay modo de saberlo» como si leyera una novela mala, y no es verdad, porque lo hay, descubre al empaparse y sentir el agua entrar en sus oídos y taponar la idea que contradice el mantra pesimista «no hay modo de saberlo»; lo hay. Piensa. Y para no olvidarlo se seca muy rápido, muy mal se seca, chorreando sube las escaleras de vuelta a las taquillas, donde lo vuelve a ver llegar empapado Darío. Hay modo de saberlo: dentro de su bolso está su teléfono, encendido y con el volumen de llamada al máximo, muy alto, tanto que podría escucharlo perfectamente aunque sonara dentro de un bolso en el interior de una taquilla cerrada.

—¿Me dejas llamar con tu móvil, por favor?

—¿A tu novia?

—Sí, bueno, a su teléfono, está dentro del bolso; si suena en una taquilla es que me lo han robado y está aquí. Si no, es que se lo han llevado. O a lo mejor suena en otro lado, me lo dejé por ahí y lo encontramos. ¿Me dejas llamar? No te va a costar nada, no van a contestar... creo.

—No sé si tiene saldo.

—Da igual, da igual. Por favor...

Darío se desabrocha la pulsera de cuero, hace girar la llave en la cerradura de la puerta 7 y abre su taquilla mientras Mateo se fuerza a no mirar dentro, a no sospechar, para que no piense que sospecha, a hacer a Darío honesto, porque siempre ha pensado que los demás son como él, lo que piensan los demás que es, y no quiere convertir a Darío en un ladrón. Además, si lo fuera, no lo habría acompañado a las taquillas, no lo habría esperado allí mientras se duchaba.

—Sólo me sé de memoria el número de mi novia. Es el único teléfono que me sé.

—¿Seguro que está en el bolso? ¿Y si se quedó con él y te contesta? ¿Qué le dirás?

—No, no. Está en el bolso, seguro. Me acuerdo de que lo guardó. Además, no tienes saldo, ¿no?

Sonríen. Los dos.

—Llama. Toma. Ten.

—Gracias.

Mateo marca su propio número y espera, con el teléfono en la mano, mirándolo, sin acercárselo a la oreja, para qué. Pasan unos segundos hasta que escuchan el sonido de llamada: tenue, repetitivo, constante en su repetición, no inunda la zona de taquillas pero es como si la fuera rodeando con sus tonos, como si la enmarcara con sus timbrazos sucesivos con una línea muy fina de un hilo resistente que avanzara a su alrededor y los sitiara por fin en la certeza, en la escena de un robo, de un delito —menor—, de un acto de otro contra él, de un desconocido, al menos para Mateo, que se concentra en el sonido que le lleva a quedarse pegado a la puerta de la cabina 31. Cuando el timbre de llamada deja de sonar, Mateo vuelve a marcar. Suena de nuevo. Llega de ahí. «Está aquí.»

6

Aquí

—Aquí, en la 31.

—¿Y qué harás?

—Decírselo al de la entrada.

—¿Para qué?

—Pues para que abra la taquilla y sacar mi bolso, ¡que me lo han robado, coño!

—TU bolso...

Es verdad. Es mi bolso. Me han robado mi bolso. Pero no me parece el momento de dar explicaciones, ni disculparme por haber mentido sin justificación. ¿A un chapero? ¿A un chapero le voy a dar YO explicaciones? (¿A un chapero —yo— le he mentido, y me inventado que —yo— tengo una novia y —yo— soy bisexual? ¿Por qué? No sé. Más tarde, tal vez. —Más tarde, ¿qué?, ¿voy a saber el porqué?, ¿va a ser el momento de pedirle disculpas?— Más tarde.) Ahora no. Ahora es el momento de ir hasta la entrada y decirle al chico de la puerta que mi teléfono móvil ha sonado dentro de una de las taquillas, de la 31, que mi teléfono móvil está ahí, dentro de mi bolso naranja, seguro que se acuerda de mi bolso naranja, por el que pregunté hace un rato, seguro que se acuerda, pues ése, ése mismo; alguien lo cogió de donde lo dejé y se lo guardó para llevárselo luego, alguien lo tiene en su taquilla. No quiero denunciar a nadie, ni montar un escándalo, ni nada por el estilo, simplemente quiero que coja la llave de la taquilla 31, abra la puerta, pueda sacar mi bolso y marcharme a mi casa de una puta vez.

—¿Y cómo sé que es tu bolso?

—Porque mi teléfono está dentro.

—¿Y qué?

—¿Cómo que «y qué»?

—Que a lo mejor has llamado a un número que te acaban de dar.

—Si me abres la taquilla, te enseño mi monedero con mi carné de identidad dentro del bolso...

—No puedo abrir la taquilla.

—Tienes que tener copia de las llaves.

—Tengo copia. Pero no puedo abrir la taquilla de un cliente.

—¿No puedes abrir la taquilla de un cliente que me ha robado MI bolso y que lo ha metido ahí?

—No puedo abrir ninguna taquilla.

Por favor. Pero no. Me explica. No es lo que yo quiera, no es lo que yo crea, no es lo que yo pida por favor: es imposible, está prohibido (¿por qué?, ¿por las leyes de la sauna?, ¿por las leyes no escritas de la sauna o por las leyes escritas de locales con esta clase de licencia?, ¿qué clase de licencia?, ¿ocio y espectáculos?, ¿cabaret?). Cuando un cliente paga su entrada —me explica, casi amable el hombre de la puerta, casi amable, supongo, del miedo que le da mi histeria— paga también un alquiler por la taquilla que le asignen, y durante el tiempo que pase aquí dentro, la taquilla es propiedad suya, nadie puede abrirla, violarla. Ni siquiera el personal de la sauna. Sin su consentimiento, nadie puede. «Lo siento...

... además, si sabes qué taquilla es, vete a buscarlo. Llevará la llave en la muñeca, con el número, como todo el mundo, ¿no?»

Efectivamente, es la ley de la sauna. Que me somete y me reduce a diminuto bajo la impasible mirada de uno de sus jueces, que me ha visto deslizarme a toda velocidad desde lo más alto; desde «marcharme a mi casa de una puta vez», donde me erguía con los brazos en jarras, he bajado a toda velocidad, como por un tobogán, hasta caer de cabeza y golpearme tan fuerte que no me quedan fuerzas para ponerme en pie y correr hasta las escaleras y subir otra vez; apenas si las tengo para agarrarme a los tobillos de Darío, que llega donde estoy sentado, en el suelo, debajo del pequeño mostrador que comunica la recepción de la sauna con los vestuarios, junto a una enorme caja azul, de plástico, donde los clientes han lanzado y lanzarán toallas usadas, arrugadas, pegajosas, húmedas, con rastros de semen y de mierda. Sentado entre la gran caja de toallas sucias y otra menor que contiene las chanclas, también usadas. Sostengo los tobillos de Darío que me ofrece sus manos para que me ponga de pie y apoyo mi cara en ellas, con un gesto imbécil e infantil que me conmueve como si se lo hubiera visto hacer a otro, uno de esos gestos que son frases, con los que ya me había encontrado muchas veces antes: mi cara en sus manos; leo «me ofreces elevarme, prefiero el cobijo». Darío se acuclilla. Si cerrara los ojos podría pensar que es la sangre del golpe la que me moja la cara y no este abundante llanto incontrolado, tan fuera de lugar en este lugar. «Me ofreces elevarme, prefiero el cobijo»: vicios adquiridos de paridor de narrativa de autoayuda, que gesto adentro y crece como coreografías de euritmia en mi cabeza, que genera eficaces frases cursis y mucosa en tal cantidad que, de seguir así, acabará por cubrirme la cara, como una máscara. De mocos.

(Y una mierda Spiderman: soy el Hombre Moco; con poder suficiente para lograr que Darío se apiade de mí, adopte una actitud de puta buena, que tanto me ha repugnado siempre en la mala literatura y en las canciones de Joaquín Sabina, y me pida que deje de llorar, acuclillado frente a mí, que deje de llorar así. Entonces, dejo de llorar. Así. Como así.)

—Ayúdame, por favor.

—¿Yo? ¿Cómo?

—Ayúdame a buscar al tío de la 31 y a pedirle que me devuelva el bolso. Por favor. A lo mejor es compañero tuyo...

—Eso da igual...

—Bueno, ya, seguro que no, no da igual. Además, también

te ha robado a ti. No puedo pagarte lo que te debo si no me devuelve el bolso...

—... de tu novia...

—Qué más da, joder... por favor... si me ayudas, te doy 100 euros. Por favor.

—¿Naranja de tela o de piel?

—De piel.

—¿De marca?

—De Hermès.

—Joder.

—No es el bolso, es todo lo que llevo: las llaves de mi casa, mi teléfono, mi monedero...

—¿Cuánto cuesta tu bolso?

—...

—¿Hay bolsos de hombre en Hermès?

—...

No, no me acuerdo de que hubiera nadie más en las taquillas cuando llegué.

No, tampoco vi a nadie que entrara.

Sí, sí venden bolsos de hombre en Hermès, pero el mío es de señora.

No, no me acuerdo de cuánto me costó.

Sí, sí, me tranquilizo. Perdona, perdóname.

Pero rompo a llorar de nuevo: con angustia, con hipo, sin aire. Unos lagrimones enormes me llegan hasta la boca y caen; no puedo taparme la cara porque apenas puedo respirar, me asfixio, parece que me asfixio y Darío se asusta, me sostiene por los hombros me levanta a la vez que se levanta él, y ya de pie, pone sus dos manos juntas, como un cuenco, sobre mi boca y mi nariz, me pide que respire, que respire hondo; poco a poco voy recuperando la respiración y paro de llorar.

Caminamos despacio hasta el bar.

Un vaso de agua. Gracias. El camarero lo deja en la barra y Darío me lo da. Caminamos unos pasos hacia un par de sofás y nos sentamos. Dejo el vaso sobre una mesita baja de bambú de plástico y cristal.

—Pero, a ver, ¿qué llevabas en el bolso?

Bebo, trago, estoy a punto de despeñarme por lo literal y responder con el listado de pertenencias. Dejo el vaso sobre la barra y según ordeno la retahíla para empezar a recitarla, aparece por sorpresa la lechera, el cuento de la lechera. Reaparece la angustia, el recuerdo de la angustia que esa fábula me provocaba en mi niñez. En mi niñez, yo leía a la lechera fantasear y contemplaba en mi imaginación cómo sobre su cabeza se iban acumulando los frutos de su fantasiosa especulación. Observaba, sobre la cabeza de la lechera, un enorme bocadillo ovalado de cómic, que volaba sobre ella, pendía sostenido por pequeños círculos flotantes —esos que indicaban en los cómics que el personaje pensaba, imaginaba— que se iba llenando de huevos, pollos, el cerdo, la vaca, el ternero... y me aterraba ante la posibilidad de que estallaran las burbujas que sostenían esa granja volante y la lechera acabara sepultada por tal peso mamífero con remate aviar. Cuando la leche se derramaba y la enorme pompa se desvanecía —PLOP—, yo volvía a respirar. La lechera nunca supo que, con su accidente, salvó la vida. Que de no haber derramado la leche en uno de sus saltos, podría haber alcanzado a estallar con la punta de una de sus trenzas el trazado discontinuo de burbujas, que habrían precipitado sobre ella todo el peso animal de sus fantasías de prosperidad y haber muerto aplastada por una tonelada de su imaginación.

—Ya te lo he dicho: mi dinero, mi teléfono, las llaves de mi casa...

Darío sigue la corta cuenta con la cabeza, como si fuera llenando otro bolso más pequeño con mis pertenencias, o como si me hubiera preparado un equipaje con lo imprescindible antes de subirme a un avión o a un tren me interrumpe para preguntarme si soy de Madrid, y pide al camarero dos cafés.

—Yo sí. Tú no, ¿no?... —De repente este bar infecto y postizo me suena como una estación donde ambos nos estuviéramos comprando nuestros billetes de regreso, el uno al otro. Me parece esa estupidez.

No. Darío es colombiano pero lleva aquí once años, desde los dieciséis. «Pareces mucho más joven.» Ha trabajado como camarero, cocinero, actor y modelo fotográfico. Aún trabaja de vez en cuando como modelo. Vive en Valencia, pero viene a Madrid a menudo. Tiene buenos clientes en Madrid, «¿y por qué te quedas aquí?». Duerme en la sauna para ahorrarse el hotel y porque puede sacarse 400 euros en una noche. «¿Tus clientes no te piden que te quedes a dormir?» No. Darío es colombiano, pero vive en Valencia; así es que esta estación, de autobuses o de tren, también podría ser un aeropuerto. Todo depende del lugar donde Darío quisiera regresar. O lo lejos que estuviera dispuesto yo a llegar en este intercambio de viajes de vuelta subvencionados a distancias imposibles: Colombia en tren, o mi casa en Madrid sin llaves, sin dinero, sin mi teléfono móvil.

«Vuestros cafés, chicos.» «Ya voy yo», dice Darío y le doy las gracias en voz baja al tiempo que subo la mano para recordarle mi número de taquilla «la 31». Invito yo. Él trae los cafés y se sienta a mi lado, más cerca que antes: mientras deja las tazas sobre la mesa, empuja con uno de sus pies su sillón para pegarlo más al mío.

Con «Darío» a mi lado, descanso del miedo de estación imaginaria, al instante en que parecía que nos estuviéramos regalando mutuamente una despedida, ahora que no puedo quedarme solo le pido mil perdones por haberle mentido antes, por la estupidez del bolso de mi novia y ser bisexual, no sé por qué lo hice. Perdón para empezar otra vez las cosas, así funcionan las disculpas a veces, como cuentas nuevas y borrones que nos difuminan para camuflarnos en un arrepentimiento del que nos apropiamos para pasar a ser otros, diferentes, enmendados, corregidos, mejorados y disminuidos en la nómina de errores que nos permitiremos cometer, hasta la próxima vez.

—Perdóname, te estoy haciendo perder el tiempo. Y dinero.

Sonríe. No todas las noches se sacan 400 euros.

—¿Y tú, Mateo? ¿En qué trabajas? —una pregunta que yo me pude ahorrar: una de las ventajas del sexo con profesionales es no tener que recurrir a la tediosa pregunta poscoital sobre su ocupación.

SOY ESCRITOR

—¿Escritor? ¿En serio?

—En serio.

—¿Y eres bueno?

—No lo sé.

Y es verdad. «No lo sé» es la frase más sincera que conozco, la única a partir de la cual soy capaz de sentarme y escribir.

—Si escribes sobre mí, cámbiame el nombre, por favor.

«Darío» me cuenta que apareció en una novela, con su nombre real, en una novela de otro escritor, de quien también me da su nombre real —mucho más conocido que yo, un escritor famoso, no como yo; uno de esos escritores tan populares a quienes, lo mismo que a los putos, no hay necesidad de preguntarles su profesión después de follar—, y no le gustó nada encontrarse allí, leerse descrito con todo detalle, figurar como chapero en la historia, de la que me gustaría saber el título por el que no me atrevo a preguntar, sólo a decirle que no se preocupe, que en mis libros no suelo describir el aspecto físico de los personajes. «¿Cómo así?» Supongo que es así porque me he pasado treinta y cuatro años tratando de conseguir ser descrito por algo diferente a mi aspecto. A lo mejor no tantos como treinta y cuatro, pero sí al menos veinte años los he dedicado a hacerme memorable por algo que no fuera mi gordura; bien por mi excesivo afeminamiento, por mis extravagantes atuendos, por mis aceradas ironías, mis amplias —casi enfermizas— referencias literarias, o bien por mi propio nombre encabezando un texto, o mi fotografía de perfil en la solapa —aunque no haya llegado a ser tan conocido como el autor del libro donde se leyó «Darío». Demasiados años en ese esfuerzo por no definirme por lo más obvio visible como para terminar haciéndoles eso a mis personajes. Que, además, no existen. Aunque eso no se lo digo a «Darío». No le cuento que mis libros no son novelas, sino refritos de libros ajenos con alguna contribución propia. Que los libros que escribo son sábanas en papel de retales de los libros que leo para transformar en obras que pretenden aliviar a través de la literatura ajena las cuitas de lectores. Que se alimentan de buenas novelas, poemas y ensayos en justas dosis digeribles. Pero no le cuento eso.

(Cómo me gustaría saber el título de la novela donde aparece «Darío», pero sobre todo cómo dio con ella: si la buscó a propósito porque sentía curiosidad por saber qué clase de libros escribía su cliente, o es un lector habitual y se descubrió por casualidad en una de sus lecturas, o si alguien más le dijo que lo había identificado en un libro, alguno de sus compañeros, que ocupa las horas muertas de espera en la sauna con novelas... Cuánto valor imaginario concedo a las lecturas ajenas; lo mismo que otros fantasean con los demás cagando, follando o desnudos para hacerlos inofensivos, yo imagino a los demás leyendo para extirparme mi miedo hacia ellos. Por eso no me quito el miedo; porque la gente lee mucho menos de lo que caga, folla o se desnuda, y hay analfabetismos tan evidentes, saltan tan feroces a la vista, que me inhabilitan para la imaginación.)

«Darío» ha terminado su café y yo apuro de un trago lo que quedaba del mío, me levanto del sofá, tan decidido a emprender la búsqueda del hombre de la 31. «Darío» me mira desde abajo, sentado aún, y sonríe con calma, despacio, abriendo poco a poco los labios hasta mostrar sus dos hileras de dientes perfectos. Lo miro y sé que no tengo ni idea de lo que estoy haciendo, pero ya estoy de pie, esperando, ni idea a qué, lo miro desde arriba y sé que no sonrío. «¿Vamos?» «¿Ya?» Miro hacia el reloj de la pared, las cinco y diez. De la mañana; esto es ridículo. Le pido de nuevo su teléfono móvil, lo dejo ahí sentado «un momento» y voy hacia la zona de taquillas para comprobar que la 31 sigue cerrada con llave, que al marcar mi número vuelve a sonar el timbre de mi teléfono en su interior. Después de cuatro timbrazos, noto un aliento tras de mí al que pongo rostro cuando giro tan rápido la cabeza que está a punto de golpearle en la nariz al chico de la puerta, casi encantador, «... y cuando lo encuentres, ¿qué vas a hacer?, ¿pedirle que te devuelva el bolso?, ¿y ya está?».

No lo sé. Aunque sí, pudiera ser, debería bastar con eso, con encontrarle y pedirle que me devuelva mi bolso, de muy buenas maneras, sin gritos ni violencia. Solamente eso, y ya está. Las cosas deberían ser así. Como así pensaba que eran cuando otros niños me golpeaban en el colegio y yo me negaba a devolverles los golpes, para no empeorar la situación y porque no era justo que me pegaran si yo solamente me había reído cuando el profesor había leído las notas en voz alta, mi Sobresaliente y su Muy Deficiente; yo me había reído, pero no para burlarme de su suspenso, sino para que se dieran cuenta de que admiraba más su chulería ante un cero que mi alivio, más alivio que satisfacción, de nueve con cinco. Para que no me consideraran un empollón al uso, una risa de «qué bueno», una risa casi aplauso a su libérrimo comportamiento que yo envidiaba porque me desconcertaba, me intrigaba saber cómo eran capaces de cargar con malas notas y seguir tan contentos, si yo sólo tenía las buenas notas para sobrevivir y sentirme bueno en algo, querido aunque fuera por los números más cercanos al diez —tan limitada esa vida cardinal de colegio que ahora recuerdo, donde usábamos tan pocas cifras para vivir: las notas, nuestros años, el número de amigos que invitábamos a nuestras fiestas, la lista de canales de televisión...—. Ellos me pegaban al salir de clase y yo pensaba que era injusto. Si les había molestado mi risa, lo sentía, no era esa mi intención. Si querían vengarse de mí, que lo hicieran igual, que se riesen de mí por ser un empollón, que siguieran las reglas, ¿qué reglas?, mis reglas; las reglas que yo entonces basaba en la rara proporción ojoporojo. Las mismas que estoy aplicando ahora al pensar que bastará con demostrarle al ladrón que lo he descubierto para que me devuelva el bolso: que ese bolso es mío y que yo he sido más listo que él; razón suficiente como para que admita su derrota y ceda ante mí, sin darme cuenta o tener el valor de admitir que estoy equivocado, que sigo empeñado en pensar igual que hace veinticinco años cuando, en arrebatos de una ingenua lucidez infantil que empiezo a echar de menos, deseaba tanto hacerme mayor y dejar atrás esa arbitrariedad de golpes recibidos a cambio de alguna risa impertinente o una mirada inoportuna, de hacerme mayor para que las cosas fueran como yo pensaba y pudiera jugar, con reglas más justas y equitativas, un juego de caballeros que era lo que yo esperaba de la vida adulta. Y no. Supongo que tenía que estar aquí, casi desnudo esta mañana, para asumirlo sin dudas: haber crecido no importa, ni tampoco ser más listo, ni haber intentado entender las cosas y a los demás. Ser más fuerte sigue siendo lo importante. Ser más fuerte y ser más guapo. Y ser más fuerte hoy es distinto. Ser más fuerte era entonces atreverse a pegarme; ser más fuerte es, ahora, mirarme a los ojos y saber que me voy a derrumbar («No estás gordo, estás fuerte», me acabo de acordar).

—Es mi teléfono, ¿lo oyes?

—Ya te dije...

—Ya. Da igual. Lo vamos a buscar.

«Darío» duerme y su cabeza cuelga hacia atrás del respaldo del sofá. Me acerco hasta él, me acuclillo y le rozo el brazo con cuidado, con la yema de los dedos, con cariño que no puedo evitar al verlo así pienso «Qué mansos os volvéis cuando os dormís» y me lo callo. Me acerco a su oído y pronuncio su nombre real con suavidad hasta que abre un poco los ojos, me mira, me ve, sonríe, estira los brazos y me abraza contra él, donde me quedo y quiero reposar sin que me importe nada de lo demás, aunque no pueda creer que me pertenezca el espacio de acogida en ese pecho ni pensar en lo demás como algo ajeno, cuando lo que me enajena es esta postura y esta situación tan extraña que no me inspira frases físicas, sólo imágenes; me muestra de un lado el abismo acolchado que es abandonarme al abrazo y del otro el túnel anegado donde debo entrar en busca de mi bolso, mis llaves, mi dinero, mis gafas, mi teléfono móvil, mi pluma, mi cuaderno de notas, mi cámara de fotos,... todos esos objetos —probablemente inútiles— que sin embargo necesito y cargo conmigo hasta el día en que me decida a prescindir de tantas cosas superfluas que me pesan; pero lo decida yo, y no un avispado trasnochador que se aproveche de los despistes de borrachos puteros (de borracho putero: yo).

Allí me quedo quieto y quiero. Pero no puedo.

Me quedo y recuerdo: que Nacho no te abrazó aquí esa noche y tú querías. Y pienso: que habría cambiado tantos polvos —que hoy son lodos con los que me pongo mascarillas— por abrazos. Que hubiera preferido abrazos a pajas, abrazos a mamadas, abrazos a regodeos prostáticos de interior. No sé cuántas veces he follado realmente por ganas, por deseo, por calentura, por lujuria. La mayoría de las veces he follado por no estar solo, para que me abrazaran, para obtener el tacto de otro cuerpo, para sentirme atractivo —y ya ni eso, ya he renunciado al ritual apareatorio como prueba, me niego a perder el tiempo, la moral y la autoestima: ahora ya solo follo por dinero. Con dinero.

Después sí, después Nacho y yo nos abrazamos. Después, años más tarde, llegamos incluso a follar mientras fingíamos dormir. El recuerdo es humillante y lo fue entonces, mientras sucedía. Siento que me ruborizo, que me avergüenzo al acordarme y me escabullo del abrazo de «Darío», casi de un salto vuelvo a ponerme de pie:

«¿Te traigo otro café?» Un café solo, y muestro al camarero el número en mi pulsera para que lo anote en la cuenta que pagaré al salir... espero «que recuperemos el bolso, porque este café también me lo han apuntado a mí» (ríete, «Darío», ríete. Por favor, ríete, y no encojas los hombros sin mirarme como si te hubieras despertado de todo tras el café y hubieras vuelto a pensar que tienes que tratarme como a una puta porque tú lo eres y crees que es como yo deseo sentirme aquí).

«Pues si no lo encontramos, me deberás 40 euros... y un montón de cafés.» Y con la mano que no sostiene la pequeña taza de loza blanca amarillenta, de la que termina de sorber el café, me palmea el muslo, con la mano izquierda, mientras saca su índice derecho del asa de la taza vacía y me dice «Vamos, ven». Reparo en su teléfono móvil en mi mano cerrada, llena de sudor, lo seco contra mi toalla y «toma gracias». «Por nada.»

De nuevo en las taquillas, juntos frente a la 31, «Darío» llama al último número marcado y volvemos a oír mi teléfono sonar. «Sigue ahí.»

Ahí sigue mi bolso, dentro de la taquilla. El hombre de la 31 tiene mi bolso, pero anda por la sauna sin él. O duerme en alguna cabina, o persigue a un chapero, o intenta conseguir un cliente, o folla —por dinero que irá a parar a una de las dos columnas de Debe o Haber—, o ve la televisión en el bar, o se toma un café. De cualquiera de esas maneras, ahora yo estoy más cerca de mi bolso que el ladrón y no me pienso mover, por mucho que lea en un cartel pegado burdamente sobre una de las columnas que SE PROHÍBE LA ESTANCIA EN LA ZONA DE TAQUILLAS. Me da lo mismo el cartel; no me pienso mover. Además, alguno tiene que quedarse aquí, por si viene a coger algo o se va, y «Darío» se ha ofrecido a ser él quien dé una ronda por la sauna, por si lo ve. Pero

¿y si viene...? ¿Qué hago...? ¿Le pido que me devuelva el bolso y ya está...?

¿Y si lo encuentras? ¿Qué haces? ¿Traerlo a rastras? ¿Robarle la pulsera?

Mejor quédate.

Mejor, nos quedamos. Mejor aquí los dos. Porque me asusta enfrentarme a solas al hombre de la 31, de quien he construido la imagen espectral de un personaje siniestro que después de haberme robado el bolso está ahí durmiendo, ronda por ahí buscando un cliente o un chapero; el hombre de la 31 como alguien capaz de dormir o follar plácidamente —o con profesionalidad— tras haber cometido su delito: esa es la imagen de él que he elaborado y tanto me da miedo como a la vez me revela mi estricto sentido de alguna moral que no me permite concebir ninguna paz posterior al delito en alguien no monstruoso. Miedo de mí, también, al descubrirme en esas de repente. De mí, que no deseo encontrarme de hombre a hombre con el ladrón y temo un enfrentamiento en inferioridad de condiciones para mí frente a él, un choque contra mi inferioridad de condiciones frente al monstruo sereno contra mí: tan manso, yo, que nunca he sobrevivido a nada y sería capaz de rendirme ante el delincuente sólo por mantener los buenos modales, las formas, la buena educación. Prefiero que «Darío» esté conmigo cuando el 31 venga, porque «Darío» ha cruzado un océano desde un país violento, se ha prostituido, ha sido camarero. ¡Y actor! «Darío» ha sobrevivido —ha sido actor—, no como yo.

Me alegro de que se quede, de que vaya a estar aquí, de que se compadezca y me acompañe —por dinero: me ha follado, me han robado, me está ayudando «Darío»: por dinero. Una lista enorme, terminable, abarcable pero inmensa, de cosas que hicimos por dinero y logramos con dinero, que hicieron otros por nuestro dinero e hicimos nosotros por el dinero de los demás, dinero que vino y fue, aunque sin llegar a cuestionar nunca dónde está el dinero, de quién es. Pues por mucho que fluya entre tantas manos, el dinero no es de quienes lo rozaron; es de quien lo amasa.

Todo lo que hice por dinero: una larga lista de verbos en infinitivo que —precisamente ahora, ahora mismo— podría ir recitando, uno a uno, ir engarzándolos para formar una escalera por la que descender, al paso de sus erres finales, desde quién me había creído que soy hasta el suelo frío.

Pensar

Esperar

Llorar

Escuchar

Leer

Escribir:

Saco los calzoncillos de mi taquilla y me empiezo a vestir con ellos, sin quitarme aún la toalla me pongo la camisa —que oculte mi barriga sobre la que se desploma mi pecho peludo, fláccido, con un pezón amoratado. Me quito la toalla y las chancletas— el suelo está frío pero al pisarlo siento más asco que frío —las sustituyo deprisa por las botas sobre los calcetines, las botas que atascan las perneras de los pantalones en un primer esfuerzo, anterior al definitivo de tomar aire para absorber el estómago y abrocharlos. Como si me fuera a marchar, no como si esperara. La taquilla está casi vacía, como si acabara de llegar, no como si esperara, así vestido, con la gabardina colgada y el jersey sobre ella. «¿Te vas?», me pregunta «Darío», respondo: «No. Acabo de llegar». Y sonríe. Nada más. Sonríe porque piensa —creo— que juego a iniciar una fantasía sexual de desconocidos, y no que mi respuesta es una frase que me traje de otra fantasía, al descenso de las cosas que hice por dinero, que no tenía nada de lúbrica, en un lapsus oral-mental-real-irreal. Y oral es lo real y mental lo irreal. Al menos más real decir que pensar. Y sin embargo, más realista pensar que decir; decir es surrealista. Más realista pensar que «Darío» sonríe porque cree que quiero jugar, que decirle que sé que se sonríe porque piensa que intentaba jugar, surrealista decírselo así.

Hablar es real y surrealista. Pensar es irreal pero realista.

7

Esta noche no

5:45 en el reloj de la zona de taquillas, en la misma columna donde cuelga el cartel de SE PROHÍBE LA ESTANCIA EN LA ZONA DE TAQUILLAS. Atiendo a la música de fondo, canta Madonna a las seis menos cuarto de la mañana una canción de hará más de diez años, cuya letra conozco. «Darío» mira el reloj de la pared con ojos rojos de sueño, yo canto en voz baja la canción que me sé, y somos un aburrido videoclip de Madonna sin ella que nadie ve.

La única literatura que nos queda en la cabeza y a la que recurrir a solas y en apuros son las letras de canciones —ni poemas, ni pedazos de novelas, ni monólogos teatrales recordamos para tener algo que leer de memoria y evasión; sólo letras de canciones. Al menos yo. Que mientras muevo la boca obediente a los sonidos «I have no choice, I hear your voice Feels like flying I close my eyes, oh God I think I'm falling» regreso, a solas esa vez, de noche al Parque del Retiro, con esa misma canción de Madonna en la cabeza.

Esa noche.

Era temprano —la una o la una y media— y no estaba borracho. Volvía a casa de mis padres, la mía, caminando desde alguna terraza del centro de Madrid; aún hacía calor, muchísimo para esas horas, sudaba por la caminata —nunca he sabido pasear; siempre he andado rápido, más rápido de lo normal (que es el paso de los demás: lo normal son los demás) como si me diese miedo que me vieran, me fuesen a atrapar, me siguieran. O tardar —y no quería llegar a casa empapado en sudor para meterme en la cama con tanto calor que no me dejara dormir— tampoco podría darme una ducha al llegar a esas horas, despertaría a mis padres que a la mañana siguiente tenían que madrugar, no estaban de vacaciones como yo; por eso decidí no seguir hacia el Paseo de la Reina Cristina, atajar por el Retiro, refrescarme al cruzar el parque y sus pocos grados menos que la calle para quitarme tanto sudor, entrar nada más subir la Cuesta de Moyano, tras pasar frente a los puestos cerrados de libros (cerrados), entrar en el Retiro. Y caminar por la zona central del paseo, pisar el cemento crujiente con la arena que había ido llegando durante el día de las otras zonas del parque, sentir el frescor que iba buscando y relajar el paso para ir secando el sudor, mientras cantaba para mí: «Life is a mystery, everyone must stand alone I hear you call my name And it feels like home». De pronto «¿me das fuego?» y pensé «hoy no quiero sexo, ahora no me apetece, aunque haya follado aquí en noches mucho peores» y me vienen a la cabeza esas peores noches prematuras de diciembre, que entonces recordaba para no imitar precisamente en ésa: tardes cerradas de invierno al salir de la universidad, con la mochila a la espalda, con las manos vacías para poderlas calentar dentro de los bolsillos del pantalón. En el bolsillo del abrigo, las gafas (los hombres del parque le daban, sin saberlo probablemente, la razón a Dorothy Parker cuando escribió: «Men seldom make passes/ At girls who wear glasses» y mis gafas les echaban hacia atrás, me echaban hacia atrás: años atrás, cuando me avergonzaban mis gafas, cuando era un niño gafotas. Además de todo lo demás —empollón, gordo, mariquita—, gafotas). Sin gafas, apoyado en un árbol, casi a oscuras , de vez en cuando un mechero, mis caladas al cigarrillo mientras esperaba apoyado en un árbol, sin moverme por miedo a tropezar, sin moverme, esperaba a que me vinieran a buscar, me tocaran o tocar, me tocaran y me quedara sin respiración hasta el veredicto; la mano que se retiraba, la voz que decía «hasta luego» y me dejaba allí solo otra vez. O la mano que animaba a la otra mano ajena a buscarme la bragueta y daba la señal a mis manos para tocarle yo a él, su voz que me invitaba «ven» detrás de los arbustos, los dos muertos de frío, con las manos heladas, y a veces risas «perdona, perdón, están muy frías» y risas, el vaho y las caricias... Pero no esa noche, no. Esa noche había ido allí solo a quitarme el sudor, había ido de camino a mi casa. Esa noche, no. «Tienes fuego.» «No, lo siento.» Otras noches sí. Pero esa noche no, no tenía ganas de sexo. ¿Y qué tenía que ver el sexo con todo aquello? Poco. Tenía que ver con la posibilidad de estar solo y en silencio sin que nadie me creyera solitario o silencioso; allí estar solo y en silencio era lo más normal.

También tenía que ver con la posibilidad de inventarme quién era nuevamente para cada hombre que conocía, poder mentir a mis anchas, obligarme a mentir para forzarme a no ir más allá con él (la vergüenza a ser descubierto como un mentiroso me lo impediría, me protegería de la inevitable desilusión posterior —nada de vendas antes de la herida: heridas antes de la herida, muchísimo mejor). Tenía que ver con las historias que los otros me contaban, algunas de las cuales hice mías para mis posteriores mentiras, y fui quien ellos me contaron que eran para otros y a veces —estoy seguro, lo sé porque me acuerdo— «¿no nos conocemos ya?, me suena lo que me has contado... pero no, no eras tú, seguro. Seguro que no eras tú». Seguro.

Y tenía que ver con la fantasía de Nacho por azar, acercándose a tocarme sin reconocerme, y esperar el juicio de su mano a oscuras, sin saber que era yo. Poder no mentir después.

Pero esa noche no. «Tienes fuego.» «No, lo siento» y seguí andando, educado, sin desprecio, amable, seguía andando hasta que abalanzó su cuerpo sobre el mío, contra mi costado izquierdo y me sacó del asfalto hasta los árboles y el suelo de tierra, hasta donde no llegaba la luz de las farolas, casi toda la luz de las farolas salvo algún haz que fue a dar precisamente contra la navaja que brilló antes de que la pusiera en mi cuello, me pusiera de rodillas «Desnúdate. De pie. Desnúdate». Con la navaja en el cuello. De pie. Toda mi ropa en el suelo, «de rodillas» otra vez con la navaja en el cuello que pinchaba y pensé «voy a morirme —me va a matar— mi abuela se está muriendo, y la llamada telefónica de muerte a mis padres no va a ser de su hospital».

«Chupa.» Se la chupé, y ni un recuerdo de su polla: recuerdos del manotazo con el que me quitó las gafas de la cara, de la navaja que pinchaba, de su olor dulzón —que durante meses se me fue apareciendo en vagones de metro, de los que tuve que salirme en cualquier estación para vomitar en papeleras. Recuerdo que me pateó el pecho tras correrse en mi boca, me dejó tendido boca arriba en el suelo, recogió todas mis cosas y echó a correr. No podía ser, entre arcadas, no podía ser, y entre arcadas me sentí en otro, en quien hace de mí en mis sueños, porque no podía ser yo desnudo en medio de un parque de madrugada, porque era imposible saber qué hacer en ese momento, porque —lo mismo que en los sueños— tendría que suceder algo imprevisto, no decidido por mí, no actuado por mí, como en los sueños. Porque esa es la sensación de los sueños, cuando decimos creer estar soñando es cuando nos sentimos incapaces de saber qué hacer a continuación, cuando estamos tan lejos de nuestra rutina habitual que esperamos un viento que nos lleve, o despertar. Y es cuando no sucede eso que descubrimos por primera vez que esa misma sensación también podemos sentirla en la realidad, en nuestra vigilia. Esa, y otra, diferente, que abre las puertas al espanto cuando vivimos en nosotros lo que habíamos supuesto que sólo les sucedía a los demás: cuando inauguramos esa certeza, esa nueva perspectiva de nosotros, sujetos del horror, sus víctimas; entonces se levanta la barrera que nos aislaba de las desgracias ajenas e, indefensos ya para siempre, dejamos de estar a salvo de nada, igual que el resto. Así lo olvidemos siempre.

8

Treinta y cinco

No hay nadie más aquí (ya o todavía nadie llega a estos vestuarios siniestros, esta sala de taquillas donde hace tantos años descubrí que no daba la talla apropiada para este lugar. «Darío» y yo solos, aquí sentados en un par de sillas blancas de piscina, de plástico semirrígido, frente a las escaleras que van a dar a las duchas y junto a la puerta que comunica con el bar, a nuestra izquierda la entrada a la sauna, con el chico que distribuye su tedio entre la televisión que cuelga de la pared del bar, y que ve a través de la barra, que se comunica con su cubículo a través de un vano sin puerta, y algunos microsueños que se echa sin ningún disimulo sentado en su butaca, frente al mostrador tras el cristal, a través del que le pagué los once euros cuando entré), estamos solo nosotros, sentados en estas sillas de plástico, medio dormidos, en silencio, sin música ni voces. Él desnudo, cubierto solamente por una toalla que no llega a cubrirle del todo los muslos. Yo, con pantalón, camisa y botas.

De pronto suena la radio, «Seis en punto de la mañana. Llueve. Es siete de octubre». Y mi cumpleaños.

Acabo de nacer: todo es vómito, llanto y mierda después de haber follado. Como si hubiera sido madre inmediatamente después de un polvo; gestación y parto ipsofactos: de repente convertido en mi madre y mi bebé. En la madre inseminada y en el bebé que llora, vomita y se caga, que recuerda otros vómitos y más llanto en el líquido amniótico de un parque, mientras tirado en el suelo marco en la tierra el dibujo de un enorme feto encorvado. Madre e hijo. Madonna y yo.

—Es mi cumpleaños.

—¿Qué?

—Que es siete de octubre; mi cumpleaños. Hace treinta y cinco años acababa de nacer.

«Darío» se incorpora, gira su cuerpo hacia mí y me da un apretón de manos fuerte, «feliz cumpleaños», que me conmueve más que cuando me folló. «Muchas gracias.»

—¿Naciste de madrugada?

—Creo que sí, que mi madre me contó alguna vez que nací a las cinco y media de la mañana.

—¿Hace cuántos años?

—Treinta y cinco. Treinta y cinco años ya.

Treinta y cinco años y treinta y cinco minutos he tardado en pasar de un paritorio a las taquillas de una sauna gay. Lo que se dice un carrerón. Treinta y cinco años y treinta y cinco minutos en saltar de azulejos a azulejos. Las seis y cinco, observa «Darío» en el reloj de la pared: «¿Será que a estas horas ya puedes llamar a algún amigo?».

No. No será. Porque no recuerdo ningún número de teléfono desde que delegué mi memoria en la del móvil. Y aunque me acordara, aunque llamara a alguien, aunque sobresaltara a algún amigo con una llamada a estas horas, de qué me iba a servir. No pienso marcharme de aquí sin mi bolso, que me han robado, que está en una taquilla, en esa de ahí, y no voy a moverme de esta sauna, de esta silla si hace falta, hasta que la abran y tú me ayudes, «Darío», a que me devuelva el bolso. Mi bolso. Y entonces te daré cientocincuenta euros, terminaré de vestirme, pagaré los cafés, dejaré la toalla sucia en su cesto de plástico, y las chanclas en el suyo. Le devolveré la llave al chico de la taquilla, le pagaré los cafés y me iré.

Y, si quieres, te puedes venir conmigo y te invito a desayunar. En un bar, o en mi casa, si quieres te invito a desayunar en casa, y te puedes quedar a dormir, mejor que en esta sauna. Puedes dormir en la habitación de invitados, que tiene una cama grande, con las sábanas limpias. Tengo café colombiano en casa, de Juan Valdés, el que iba con su mula por la selva. Y zumos, y galletas, y leche, y cereales, y huevos frescos que me trajo mi asistenta de su pueblo esta semana, y hasta tomates de huerto, que me trajo también, que puedo untarte en una rebanada de pan tostado con un poco de aceite y un poco de jamón —también tengo un jamón serrano muy bueno— si lo que prefieres es un desayuno tipo *brunch*, algo más consistente, no sé, lo que prefieras, tú dirás.

Di que no. Que cómo vas a ir mi casa. Que debo de estar loco para, después de todo lo que he pasado esta noche, después de haber comprobado que el género humano no es de fiar —y aún menos el género de sauna—, invitarte a mi casa, donde me podrías robar e incluso degollar, dejarme ahí muerto; ahora que sabes que llevo un bolso de marca, que estoy dispuesto a pagarte cien euros de más sólo por ayudarme a recuperarlo, que vivo solo. Di que no.

Pero «Darío» no dice nada porque yo no contesto cuando me sugiere que llame a algún amigo. Me quedo callado y pienso en todo lo encantador que implica su pregunta, porque supone volverme a prestar el teléfono y supongo que me lo ha dicho no tanto por la hora que es; en absoluto una hora razonable ni mucho menos apropiada para telefonear en domingo, sino porque le ha apenado verme comenzar mi día de cumpleaños así, aquí sentado, charlando con él, esperando a que aparezca el chapero o cliente que se guardó mi Hermès repleto en su taquilla y con una media resaca insomne que me hará parecer cansado, mayor de los años que acaba de hacerme cumplir el reloj de la pared, donde ahora son las seis y media ya.

Eso han dado de sí, veinticinco minutos de pensamientos.

Las seis y cinco —

—la memoria de cifras delegada. No pienso moverme de aquí. Mi bolso. Las cosas que llevo dentro. Ayúdame. Cómo saldré de aquí. Qué me costará. Sí, llevo suficiente efectivo dentro del monedero. Te invito a desayunar. Vente conmigo. Mi casa, recién limpia por la asistenta, que fue el sábado por la mañana. Un buen desayuno. En un bar. En mi casa. Vente conmigo. La pena que te doy de cumpleaños. Comida en la nevera. Café. La mula de Juan Valdés. Sacar el jamón de la nevera un rato antes de comerlo, para que tenga sabor. Las cosas que se me ocurren; pedirte que vengas a casa conmigo. Lo que me podrías hacer. Di que no vienes. En silencio

—las seis y media.

Podría sincronizar cada mañana —se me ocurre— mis pensamientos con mi despertador, para saber qué hora es sin necesidad de agujas ni pantallas digitales, sin tener que aprender a guiarme por la posición del sol. Me bastaría con mirar la hora que es al despertar y seguir la cuenta de mis pensamientos como un minutero, mientras pongo a hervir el agua para el café en la cocina, enciendo el ordenador en mi despacho, abro las ventanas del dormitorio, y voy pensando. Que ya empieza a hacer frío por las mañanas que tienen cada vez menos luz, que no sé si que el agua burbujee dentro del cazo significa que hierve, que recuerdo a escritores que aborrezco afirmar en las entrevistas que lo primero que hacen antes de sentarse a escribir es darse una ducha y vestirse, y a otros que nunca se duchan ni se quitan el pijama y la bata para ponerse a escribir. Y qué más dará el asco pasado o no por agua.

Las seis y treinta y cinco. Años ya.

En realidad no quiero que vengas a mi casa conmigo; quiero estar solo, estar solo otra vez con todo lo mío, con mi bolso, mi dinero, mis tarjetas de crédito que llevan mi nombre escrito y me recuerdan a mí en plástico. En dorado. En flaco. En holograma con plumas y con pájaros.

No es lo que soy, no es lo que no tengo. Es lo que tengo. Tengo sueño. Y miedo. Y frío. Que son cosas que no sé medir por lo que duran, como los actos cotidianos de las mañanas. Sí sé, sí que recuerdo lo que me duró «un amor» —antes de que se llenara de todos esos residuos sentimentales que van acumulándose en las curvas perfectas de esa enorme burbuja que es «un amor» cuando deja de estar vacío y de ser lo que tendría que ser antes de convertirse en un cuarto trastero de afinidades y miedos, cuando pasamos de mentirnos para mentir al otro, después al resto, cuando cuadramos el círculo para no resbalar ni deslizarnos—, o un capricho, o un dolor en la pierna o en el ojo, o en la nuca —esos son los peores, han sido siempre los peores, porque mi nuca es una especie de torre de control de mis dolores; empieza por dolerme allí y se va extendiendo hacia un brazo, hacia una pierna, hacia los ojos. Temo que se me quedó grabado el dibujo del bulbo raquídeo que me enseñaron en el colegio de pequeño. Bulbo raquídeo suena como algo asqueroso; aunque al menos es esdrújulo, al menos puedo acentuarlo, al menos no contiene uno de esos repugnantes diptongos (que siempre me recuerdan a un escritor en bata y sin duchar, esa roña reseca entre vocales...). Puedo contar —y los recuerdo— los días que duró un dolor en la nuca, cuánto tardó en extenderse, en abrirme sucursales en el cuerpo. Pero no lo que me aguantó el miedo. Parecidísimo al de ahora. A ponerme enfermo ahora. Porque me pasa. Me sucede —me gusta «me sucede» porque es un verbo que me hace sentir menos solo— cuando estoy nervioso, cuando siento ansiedad o angustia o lo que sea esa bola hueca sobre el esternón que se va llenando hasta que viaja, de un golpe, así, rotundo, seco hasta mi nuca. Y me hace llorar. Y me asusta. Porque puede que esta vez me quede así. Que es lo mismo que pensé esa noche en Amsterdam después de haberme fumado un porro de marihuana venenosísima que me dejó amnésico, en un trance «Abre los ojos» de Amenábar (siempre que pienso en esa película me parece lo mismo que cuando la vi: que era una película hecha por alguien drogado. Lo cual no sé si es cierto. Lo cual no sé si es porque yo la vi drogado —de porro. Lo cual me sucede siempre que me drogo y veo la televisión; pienso que están todos drogados. Lo sé. Lo siento. No lo pienso sobrio, sereno. Soy un ingenuo. Paranoico, pero ingenuo. Lo peor que puede serse. Muy arriesgado).

«Deja a Madonna que cante», se me viene a la mente. Me sucede con el sueño; me vienen a la cabeza unas frases muy extrañas, como las que uno se trae de los sueños. Me pasa cuando estoy cansado y tengo sueño, y no puedo dormir, porque no es el momento. Me llegan esas frases. No las oigo. Todavía, supongo.

«Cuéntame algo. Que me duermo...»

—¿Te traigo otro café?

—No, mejor me baño y me despejo, ¿me esperas acá?

—Te espero.

«Darío» se levanta de la butaca y su toalla queda —lánguida, extendida— al aire sobre el asiento, y su culo —del que no me ha dado el precio— camina algunos pasos mientras con una mano se suelta de la muñeca la pulsera con llave, abre su taquilla, deja dentro su teléfono móvil (fuera de mi alcance, porque cambian las tornas, de manera que ahora yo pudiera ser el canalla, quien pudiera ponerme a hacer llamadas transoceánicas como un loco

fuera un loco

sea un loco realmente, que me haya inventado la historia de un bolso robado

un borracho que se haya inventado la historia de un bolso robado

tan loco el borracho que se inventa un bolso carísimo dentro de una taquilla ajena, y hasta que hoy es el día de su cumpleaños. Pudiera ser).

Puede ser, pero entonces ¿por qué no me marcho?, ¿por qué lloro?, ¿por qué vomito? ¿Por qué me quedo esperando? ¿Esperando a qué? ¿A estar tan inmerso en una enorme mentira que me salve de la verdad, que ya no sé, que no recuerdo?

El chico de la taquilla pudiera haber tenido razón, y el teléfono al que he llamado, el que suena dentro de la 31, es el de alguien a quien he conocido, que me ha dado su número aquí dentro, ahí arriba.

Tantas mentiras tan comprobables como la verdad. Tan demostrables como la verdad. Tantas mentiras solamente para evitar pagarle cuarenta euros a un chulo que me acaba costando más del doble. Y es eso. Es así. Es cierto. Todo es una mentira. Y ni tengo un Hermès, ni soy rico, ni sé dónde vivo, ni soy escritor. Mentiras como un imán que va atrapando a las otras que se fueron acumulando en un amasijo férreo de embustes que sólo puedo desenmarañar si voy en busca de la primera mentira, la mentira fundacional que fue atrayendo a todas las demás, que necesitaron de ella para retorcerse en esta madeja de hierros que rezuman óxido, orín que apesta al mismo amoniaco con el que desperté aquí dentro y confundí con mi propia orina antes de encontrarme con «Darío» en la ducha, como ahora; «Darío» sin mí en la ducha pudiera estar pensando en todas las mentiras que cree que le he contado. Y soy capaz de creerme la mentira que me cuento sobre él descubriéndome un mentiroso. Así, cuando regrese lo trataré como si pensara de mí que soy un embustero —y me dará miedo. Así he tratado mi vida, así me he inventado a los demás a partir de mis mentiras. Así he ido amando y desarmando sobre ficciones únicamente mías que acababan generando en el otro un sentimiento real, coincidente con mi miedo. Así he ido construyendo seres terribles que lo acabaron siendo por mi culpa. Así conocí a seres amables gracias al dinero que pagué por follar, que es patrocinar una mentira; la mentira del deseo del otro. La mentira del atractivo propio, y en ocasiones hasta del propio deseo.

¿Cuándo empecé a ser un cliente de la mentira? ¿Con qué parte de mi vida —ya imposible— he tenido que pagar? ¿Qué hubiera sido de mí si me hubiera tocado en suerte el imán de la verdad? Mentir es tan maricón... Mentir es una opción sexual (lo mismo que pensar). Y callarse es mentir, qué coño otorgar. Quien calla, miente, porque no hay nada de cierto en el silencio, porque no hay silencio adentro, nunca hay silencio adentro. Y puede que hasta haya amor, un amor inmenso, maricón para más señas y santos asaeteados. Y callárselo es mentir y mentirse a uno mismo; inventarse que puede ser. Que puede estar pasando. En silencio mentir y permitir así otras posibilidades a la vida, en silencio nunca inocente. Que atrae y arrastra. A la vez. A la mansedumbre de la mentira. «La verdad os hará libres.» La mentira, mansos.

9

Lo que nos condena

Yo, aquí, espero a que venga «Darío», que no vuelve, y empiezo a pensar en lo peor para temerlo, trazo un tablero de peores, un circuito de casillas ilustradas con laberintos, cárceles y pozos sin fondo donde caer y ponerme. Pienso en él, allá abajo, como cómplice del hombre de la 31, si lo fuera, cómo le ayuda a esconder su número, de pie en un rincón del baño turco hacen pruebas; «Darío» le desabrocha la pulsera de la muñeca y la convierte en un *cockring* demasiado ancho, complicado mantenerlo ahí, en la base del rabo y el escroto de los cojones anillados en tríada, sin que resbale y le delate al caer tintineando. «Darío» prueba a chupársela un poco para comprobar si habría presión suficiente para sostenerla así —«si hace falta, se toma una viagra, tampoco sería la primera»—, pero tampoco. Otra opción sería extraer la pequeña placa troquelada —o chapita— del aro de dos puntas donde cohabita entre choques con la llave, y esconderla hasta más tarde cuando me hubiera ido —«en su taquilla, marica»—, para evitar el numerito (31). «Darío» también descarta esa alternativa, no tanto por la falsa excusa que da a propósito de mi exceso de curiosidad paranoica cada vez que deja a la vista el interior de su taquilla como por un temor que evita confesarle a su compinche: que el miedo que le da ser descubierto por mí en cualquier descuido al ir a guardar la chapita —mientras le miro llegar hasta la taquilla, al quitarse su pulsera con la llave, al abrir la puerta o al dejarla dentro tratando de no hacer ningún ruido— desate sus nervios y le provoque uno de esos ataques de sudor ácido que le vienen dando desde niño, cuando le robaba monedas a su mamá y las apretaba tan fuerte dentro del puño que las oxidaba en sudor, y en la palma quedaba marcada la silueta del escudo colombiano. Teme que le pase lo mismo y que yo acabe descubriendo la señal del 31 en el dorso de su mano; del 3 o del 1, como si hubiese vuelto a robar, esta vez moneda extranjera —1€—, como si un trayecto tan largo le hubiera dejado tan cerca, tan en vano tanto riesgo y sin papeles, solo una moneda de euro que se clava entre las líneas del destino igual que una etiqueta a precio de saldo para un delito menor que le reduce a cuando lo era allá en Lorica en los días de mercado y aprovechaba un último retoque de su mamá ante el espejo del dormitorio para meter la mano en la cartera, descuidada en la mesa de la salita, dentro del compartimento de las monedas que se abría y cerraba de un chasquido que el pequeño «Darío» silenciaba dejando que el mecanismo le percutiera contra las yemas de los dedos; dolía, pero servía para amortiguar el ruido y no era un golpe tan duro como para dejarle huella en los deditos.

Los imagino debajo de mí, al subir del sótano húmedo por esas escaleras que salen del final del pasillo que recorre la entrada a la sala porno, deja a un lado las duchas y pasa por delante de las puertas enfrentadas de la sauna de vapor y el baño turco, las escaleras que empiezan o terminan abajo junto a unos enormes lavabos, llegan hasta el bar ahora desierto —justo al otro lado de esta pared donde apoyo el respaldo de la silla— y ascienden hasta la zona de cabinas para dar con una con pestillo donde puedan encerrarse tranquilos, sin miedo a que me dé por dejar mi puesto de vigía y salir de ronda: «Déjese de jodas, ¿y qué pasa si nos ve el gordo hijueputa? ¿Qué hará, pedirnos que le devolvamos el bolso?». «Darío» no dice nada. Calcula. Cuánto sería fruto del robo y cuánto un salario digno obtenido por el comercio justo de su cuerpo moreno. Calla y centrifuga silencio para decidir en qué confía más, si en mi propina o en su botín; en quién sería más leal a la hora del reparto: si antes borrará el alivio mi promesa de un extra generoso, dada en un arranque desesperado, o se adelantará la amnesia traidora del ladrón cuando se vea afuera con mi bolso. A fin de cuentas ya le han estafado antes los dos: los buenos con sus palabras de honor y los villanos con sus códigos de sangre no son tan diferentes en el fondo. Lo sabe porque ha vivido la peor parte de ser un intermediario, un bloque de carne congelada en la pirámide alimenticia, una mala adaptación pornográfica de un Robin Hood que recaudara de los puteros decentes para enriquecer a los malhechores, de estar expuesto a las mañas de ambos lados sin pertenecer a ninguno de los dos y padecer la exclusión constante que da la tierra quemada por nadie, la ruta de necios que recorre una y otra vez entre las exigencias de unos y las demandas de los otros, que a veces resultan ser los mismos, como ya ha comprobado en varias ocasiones cuando ha llegado a pensar en su negocio como una forma de trueque, como aquella vez que uno de sus clientes le vendió unos zapatos que le costaron, precisamente, la cantidad exacta que él le había cobrado por un polvo el día anterior, y que quiso comprar con los mismos billetes que había recibido (más preocupado por recordar sus gastos de esa mañana e intentar recuperar la imagen de sí mismo pagando con cuáles, de qué bolsillo, cuánto, y si había usado en el supermercado tarjeta o efectivo) que por verse marcado con una tarifa idéntica a la de un complemento de piel roja (había sido con tarjeta; ahí estaba el comprobante firmado, en su cartera). Tan raro el goce de tener la certeza de que esos mismos billetes habían salido de la caja registradora donde el zapatero —«diseñador de zapatos», le había dicho anoche, de eso se acordó mejor— los volvía a meter con la vista gacha al tiempo que le entregaba su nuevo par de mocasines dentro de una bolsa de papel donde iba impreso su nombre comercial, verdadero, distinto al que le había dado la noche anterior cuando llamó por teléfono y concertó la cita en el apartamento de «Darío» dos horas más tarde, apenas catorce antes de reembolsárselos. Cambalache de cueros que le ha venido a la cabeza a cuenta de este suyo de ahora: 100 euros por su complicidad conmigo, o lo que le vaya a tocar en el reparto del contenido de mi Birkin de Hermès con el dueño de la 31, que se saca del apretado hueco que queda entre su cintura y el filo de la toalla un dispensador de cocaína —una «bala»— y le ofrece una dosis —un «tiro»— que «Darío» inhala en silencio antes de incorporarse sobre la colchoneta para tocar el techo con las manos, estirar bien los brazos, las piernas, el cuello con la cabeza hacia arriba y ver cómo cientos de pájaros volando se lanzan en picado contra su puño cerrado alrededor de su congénere para lograr que lo suelte. Una tropa de pájaros negros que no permite prisioneros y prefiere asesinar a uno de sus soldados atrapado a picotazos, al vuelo, antes de emprender el camino de vuelta al cobijo de mi cabeza donde el ruido de su aleteo me devuelve la noción de cuanto invento y borra de un plumazo la *extravaganza* paranoica que he levantado a pulso firme.

Aterrizan los pájaros, vuelven al nido cuando ven subir a «Darío» limpio, sin rastro de guano en los hombros ni marcas de sangre en las manos, con las que despeina su pelo empapado y lo van dejando esponjoso, jugoso, le va quitando ese aspecto pastoso que tienen las melenas mojadas, compactas, pegadas al cráneo. Ahí viene «Darío», chorreando por el pasillo, *chofchofeando* con las chanclas —que dejan de hacer *flip-flop* al contacto con el agua—, sonriente, guapo a rabiar y con el rabo a media asta, morcillón de cebolla que me haría llorar si estuviese más cruda, menos hecha, a todo. Recoge su toalla de la silla de al lado, la coloca sobre sus hombros, la desliza por su espalda a dos manos alternas, la gira y seca cuesta abajo su pecho y su estómago hasta que se la encaja en la cintura y se sienta, agarra un reposabrazos de mi silla y tira de él hasta quedar pegado a mí, «¿Cómo estás?». «Igual.» Me pasa una mano, fría, por el hombro, «A la una cojo el tren». ¿Cuánto queda? ¿Qué hora es? Las siete y veinticinco. ¡La hora de la verdad!

—¡Hazme otro favor, rápido! Ve a buscar al de la taquilla y tráelo, que venga, corriendo, por favor. Que venga, que le tengo que enseñar algo importante, díselo, por favor.

—Voy, voy...

«Darío» chancletea deprisa mientras yo me levanto de la silla y voy junto a la puerta de la 31, donde espero a que lleguen, atento al trajín del segundero del reloj de la pared.

—A ver, ¿y ahora, qué pasa?

—Antes, cuando te dije lo del teléfono, tú dijiste que podría ser el número de otro, ¿no? Muy bien, pero no creo que fuera a saber que a alguien le va a sonar la alarma del móvil en dos o tres minutos, ¿no? La tengo programada para las siete y media todos los días, y está a punto de sonar. Escucha.

«Darío» le toma del brazo y le acerca a la puerta de la taquilla, me mira, asombrado, expectante, admirado, no lo sé. Levanto las cejas en su honor, se ríe, sonrío, me entran ganas de soltar un refrán, pero me resisto a mencionar la ayuda divina a los madrugadores... y entonces empieza a oírse la fanfarria en tonos graves de mi despertador.

—¿Lo oyes?

—Sí, sí.

Hasta que se detiene.

—En un minuto va a volver a sonar. ¿Me crees ahora o no?

—Te creo, te creo, pero te digo lo mismo de antes: no puedo abrir la taquilla de ningún cliente sin su permiso.

—No me puedes decir lo mismo que antes, porque no es la misma situación de antes: ahora sabes que es verdad, que un cliente vuestro me ha robado mi bolso y se lo ha guardado en su taquilla, que sigue ahí dentro y que él y yo llevamos aquí no sé cuántas horas haciendo guardia y no ha venido nadie.

—Ya, pero a mí eso me da igual. Yo te digo lo que puedo hacer.

—Y yo te estoy diciendo lo que deberías hacer, lo que es justo, decente. ¿Crees que el tío que me ha robado el bolso os va a demandar por haber sacado de su taquilla algo que no era suyo? ¿En serio crees que va a ser tan idiota como para delatarse?

—Muchas películas has visto tú...

Vuelve a activarse la alarma.

Llevas veinticuatro horas despierto y más de cuatro dentro de esta sauna infecta. Te das cuenta, también, de que es la primera vez que no has estado solo cuando ha sonado tu despertador; ni solo ni dormido. La primera vez que esos segundos en falso directo a intervalos de cinco minutos que crea la vibración musicada de tu teléfono desde las siete y media cada mañana te han dado la razón y te han sacado de dudas en vez de ir reventando a ráfagas ascendentes de funcional eco electrónico las figuras hinchables que proyectan las sombras que te empastan los sueños. Se reinicia el bipido de tu teléfono, de nuevo os deja quietos, en silencio.

(Has dicho «decente»; te he oído pronunciarlo sin un retintín de sarcasmo ni ironía, bien serio, rotundo, autoritario moral: decente. Hay que joderse. De repente te ha dado por expedir certificados de decencia, por erigirte en árbitro moral de saunas a la hora del desayuno e invocar el sagrado derecho a la propiedad privada para allanar reducidas moradas provisionales ajenas. A ver cuánto tardas en pasar de lamer cojones extraños a encomendarte a los tuyos en voz alta, a poner tu bolsa escrotal por testigo de tu testarudez y acabar por convertirte en una parodia involuntaria de aquellos a quienes no has logrado despreciar ni una cuarta parte de lo que ellos te rechazan sin hacer ningún esfuerzo; pese a los muchos intentos que hayas hecho por alcanzar su doble altura despectiva y de estatus, ni has conseguido que te den tanto asco como te tienen, ni has provocado en ellos la envidia y el respeto que pretendías que te tuviesen. Algunos maricones tratan de imponerse a la fuerza de un cuerpo musculado, de una masa amenazante que emule y compita con los matones del patio del colegio; otros, se dejan crecer la barba, el vello corporal y la barriga, se lanzan al monte y se refugian en oseras para estampar en sus paredes el axioma macho que hermosea al hombre afeado; y otros, como tú, trascienden la superficialidad del cuerpo para ir aún más allá, más próximos al abismo de vacío que queda afuera, lejos de cualquier tentación esencial levantáis vuestras estrategias de integración sobre complementos femeninos costosos: bolsos de lujo, sedas, pieles y joyas. Del eterno femenino al femenino singular, exhibicionista, provisional y marcado a la vista. Como si en vez del armario, hubieseis salido del vestidor de las amigas de ellas, de una de sus esposas o de sus queridas. Como si tratarais de hacerles creer que ocupáis el mundo simbólico de fetiches significantes al que aspiran, que os importa bien poco haber sido excluidos del que ellos gobiernan en su provecho. No es «¿Por qué traías un bolso?», como te preguntó «Darío», sino para quién te cuelgas del antebrazo dolorido uno que te costó seis mil euros. Yo lo sé mejor que tú: es para ellos, para los que utilizan el adjetivo decente con la misma contundencia con la que acabas de pronunciarlo, para quienes al cruzarse contigo tienen que descender la mirada desde encima de su hombro hasta cerciorarse de que ese bolso que cargas es auténtico, no una imitación como eres tú. Ahí fuera te disfrazas para el enemigo, haces del camuflaje una caricatura sin humor del hombre invisible. Aquí, muestras el dibujo de tu cuerpo en trazo grueso y pagas para que finjan que es distinto, de otro. Pagas para ser otro, te enajenas, como hacen los demás y haces tú para ellos. A fin de cuentas, eres solo el cliente de un negocio que ha cambiado sus reglas de culpa y sumisión, que ha eliminado el recelo ante la explotación de un ser humano para sustituirlo por una apariencia de aprovechamiento de recursos nada naturales. Las cirugías plásticas y las cuotas anuales del gimnasio han modificado el negocio hasta convertirlo en un apéndice de actividad mercantil donde llegamos a creer que estamos pagando por un producto manufacturado para su venta cuyo precio se fija a partir de la inversión previa en su fabricación y proceso de elaborado. El elemento androide en la prostitución contemporánea nos ha llevado a creer que no estamos pagando por carne humana, sino aceptando una promoción comercial, un producto de consumo creado artificialmente para nuestro uso y disfrute. No estamos corrompiendo ninguna dignidad; solo contribuimos a rentabilizar la inversión en un cuerpo para los negocios y una mente para la contabilidad. Y ahora, vuelve a decir «decente», sigue ejerciendo de víctima, justifícate una vez más y explica que la piel de tu bolso se obtiene de cocodrilos, sí, pero criados en granjas. Condenado cabrón...)

10

Recuerda

Si esto fuera el final de una película —sin Lauren Bacall—, el vibrato sostenido intermitente de mi despertador habría provocado un alud de mis legañas, que rodarían por mis mejillas abajo para servirme de antihigiénico exfoliante facial cuando las froto al desperezarme, saldría de esta pesadilla que comparte género con los malos sueños de niño descalzo de camino al colegio, en pantuflas a la calle, desnudo en la parada del autobús escolar, o esos otros para adultos donde me angustio al descubrir que no llevo suficiente dinero para pagar lo que marca el taxímetro, que no para de correr mientras recuento la calderilla casi a oscuras en sus asientos traseros. Aunque si esto fuera una película, me despertaría sin legañas y en pijama, el niño desnudo llevaría unos calzoncillos holgados y esta matraca electrónica sería la llamada a mi portero automático de un taxista desde el portal para asegurarse de si «¿Ha pedido usted un taxi?» con un ojo en su coche en marcha y el otro en un chaval con unos slips blancos que se sienta en un banco de la calle y se tapa como puede con una mochila que aprieta a dos manos contra sí. Lo veo cuando me asomo a la ventana, enfrente, nada más cruzar la calle, una pesadilla equivocada y el recuerdo de un sábado de octubre con sol:

Recuerdo que Nacho y yo habíamos tenido una clase esa mañana.

Recuerdo que Nacho me pidió que le acompañara a su tratamiento capilar semanal; después iríamos a comer juntos.

Recuerdo que Nacho tenía alopecia seborreica y gonorrea; una la había heredado de su padre, la otra se la había contagiado un desconocido.

Recuerdo que en la sala de espera del instituto capilar Nacho me dijo que estaba pensando en consultar a las enfermeras si el láser y la loción crecepelo que le aplicaban podrían interferir con los antibióticos que estaba tomando para la infección venérea.

Recuerdo que me preguntó si no me molestaba que les dijera que yo era su novio, «para hacerlo todo menos sórdido», me dijo.

Recuerdo que en ese momento no me hubiera importado sufrir de gonorrea.

Recuerdo que Nacho entró y yo me quedé esperando, leyendo un libro de George Perec cuyo título no recuerdo.

Recuerdo que Nacho salió y me dijo que una de las enfermeras había llamado a un amigo suyo y que ella nos acompañaba a su casa, ahí al lado.

Recuerdo que pensé que sería un médico.

Recuerdo que, de camino a casa del amigo de la enfermera, ella nos contó que se depilaba la barba con láser.

Recuerdo que el edificio al que llegamos tenía nombre: «Apartamentos Love».

Recuerdo que nos abrió la puerta un hombre moreno con el pelo recogido en un moño y vestido con un slip blanco. Nos lo presentaron como Carlos.

Recuerdo que pensé que no era médico.

Recuerdo que Nacho y la enfermera pasaron a la habitación del hombre y yo me senté en el sofá del salón, a esperar.

Recuerdo que el televisor estaba encendido, que emitía una película pornográfica sadomasoquista donde a un tipo con los pies colgando de sendos estribos otro le metía un puño por el culo y un tercero le encajaba la polla en la boca.

Recuerdo que la enfermera salió un momento a ofrecerme algo de beber y le pedí un vaso de agua del grifo que no probé.

Recuerdo a dos niños que jugaban en el suelo, en calzoncillos estampados, con dos cochecitos. Ni me miraron. Hablaban entre ellos en portugués.

Recuerdo que salimos de allí y Nacho me contó que esa habitación estaba llena de consoladores enormes, que Carlos le había pedido que le enseñara la polla y le había recomendado una dieta macrobiótica.

Recuerdo a los dos niños. Nacho ni los vio.

Recuerdo haber comprado el periódico el lunes por la tarde, de camino al metro para ir a la universidad.

Recuerdo que leí la noticia y me tuve que sentar en el suelo del vagón:

> Detenidos 38 implicados en una red de corrupción de menores fugados de sus casas
>
> JESÚS DUVA – EL PAÍS – Madrid – 06/10/1990
>
> La policía ha desmantelado una organización de corrupción de menores y prostitución integrada por 38 personas, la mayoría de ellas extranjeras. Seis jóvenes, fugados de sus casas de Palencia, Madrid, Murcia y Portugal, habían caído en las redes de la banda y percibían el 50% de las ganancias que obtenían por el alquiler de sus cuerpos. Los menores residían en diversas pensiones del centro de Madrid y en pisos de las calles de Amaniel y General Perón, donde fueron decomisados numerosos látigos, consoladores de caucho, cinturones para prácticas sadomasoquistas, vídeos y álbumes pornográficos.
>
> El centro de actividades de la organización estaba enclavado en un apartamento del número 13 de la calle de Amaniel, vivienda en la que ha sido detenido el presunto máximo responsable de la red, identificado como Carlos Alberto Romao, brasileño, de 30 años, conocido también como Carlos, Alex y Cacá. En el mismo inmueble fue arrestado también su compatriota Jasías de Araujo, de 25 años.

Recuerdo que junto a la noticia, aparecía la foto del hombre del moño con el pelo suelto.

Recuerdo que pensé que estaba más guapo así. Y que por

los pelos —recuerdo haber hecho ese chiste atroz que Nacho rió— no habíamos acabado detenidos como clientes de un burdel infantil/juvenil. La policía entró en el apartamento solo una hora después de que nos hubiéramos marchado.

Recuerdo que al día siguiente cumplí 19 años, pero no de cómo lo celebré.

Recuerdo que «Hay golpes en la vida, tan fuertes... ¡Yo no sé!...» por qué de algunos salimos ilesos y otros nos dejan allí, con el cuello roto.

Suena el timbre. La puerta. Mierda, el taxista. Pero no.

11

Ahora

Suena el timbre. La puerta. Mierda. El estricto empleado va a abrirla, dobla la esquina del último bloque de taquillas y nos pide que esperemos con un gesto de la mano al que respondo con una elevación de la barbilla y un entornar de ojos reflejo, involuntario, sin intención, de mecanismo de muñeca. «Darío» vuelve a sentarse, esta vez en mi silla. Yo me quedo de pie y atiendo al sonido de la puerta de entrada, al del cajón de madera que traspasa el cubículo, la llave que rebota en la chapa numerada al dejar su recipiente al vuelo, la oigo al elevarse, subir y amplificar su ruido metálico contra mí como un nuevo mensaje entrante que me sacara de este compás de espera cuya aguja penetrara mi empeine y clavara la planta de mi pie al suelo mientras giro en círculo y lo dibujo con una punta de grafito que va perdiendo su filo, que más que trazar mancha el área de inmovilidad que me rodea, la órbita de parálisis que me ha tenido aquí atrapado durante esta vigilia de madrugada.

«¿Qué número te doy?»

Me desabrocho la pulsera de la muñeca, extraigo la llave de la arandela de alambre que la une a la chapita de metal, abro la cerradura de mi taquilla, tiro de ella para abrirla, saco mi jersey, me lo ato a la cintura, y mi gabardina, me la pongo; dejo dentro la tira de cuero con el 26 y vuelvo a dejarla como estaba, sin echar el cerrojo; a continuación recorro la fila en línea con mi puerta y voy empujando con la palma de la mano izquierda las otras para dejarlas todas cerradas, de una en una, rápido y sin mucho ruido, solo el que hace la fricción de los quicios de las puertas dilatadas por tanta humedad y años de maltrato con sus marcos al encajar con una presión del fondo blando de mi puño derecho que envuelve mi llave. «Darío» me mira y no se explica qué hago, tampoco me lo pregunta, solo si necesito ayuda, «Sí, gracias», y empieza a hacer lo mismo con las taquillas de enfrente, del lado donde mi móvil sigue insistiendo cada cinco minutos en marcar una alarma que no señala hito alguno.

«Hola.»

Todo listo para la llegada del nuevo cliente. «Hola» los dos, de pie, cada cual a un extremo del pasillo, vemos cómo el recién llegado se queda mirando el sentido de la numeración de las puertas hasta localizar la taquilla que se corresponde con la llave que le han dado en la recepción, hasta que llega a la 43 y —después de haberla cerrado con llave al querer abrirla con llave y volverla a abrir con una vuelta de cerradura y un tirón al asidero de madera— deja dentro la mochila floja que llevaba colgada al hombro. Calculo que su edad debe de superar en poco su número de cubículo primo, interpreto su chándal de domingo —combo monocromo de chaqueta con cremallera y pantalón— en perpendicular al anillo de casado que lleva en su mano izquierda: un marido heterosexual de diario que aprovecha las mañanas domingueras para echar sus canas púbicas al aire viciado mientras su familia duerme, o se despierta. Mientras sus hijos ven dibujos animados en televisión, juegan a la Play, la Wii o la Xbox, o esquivan la sobredosis pastillera de la noche anterior a tragos de agua de una botella de dos litros que abrazan en duermevela matutina. Mientras su mujer enciende la radio en la cocina y se prepara un café, o baja al quiosco a comprar el periódico del domingo que lee en un bar con su desayuno, saca a pasear al perro, duerme o remolonea en la cama en espera de que su marido vuelva del gimnasio y le lleve a la cama los dominicales, un café con leche y pan del día con mantequilla. Todo eso puede ser, así como también una gran mierda de intento detectivesco amateur deductivo un tanto demodé, errado en la inercia mental desde su primer impulso por culpa de una anacrónica interpretación inicial del destello dorado de una alianza como símbolo de una infidelidad que ya no tiene por qué ejecutar un doble salto vital con tirabuzón: hace ya algunos años que un anillo de casado en una sauna o su reflejo en un cuarto oscuro de cualquier tugurio de sexo gay dejó de ser un símbolo universal, y esos aros de metal precioso ahora también engarzan deserciones más sencillas, que pueden corresponderse solo con la de un cuerpo también masculino, no con la del doblez de una vida, que esas joyas que llevaban en la copla «una fecha por dentro» han dejado de oler siempre a «la otra» que lo fue solo mientras nosotros ejercíamos de concubinas versión beta de un macho alfa.

Es lo primero que se quita, su anillo, que sostiene entre los dientes mientras se suelta de la muñeca izquierda la correa de un clásico reloj de caballero que no parece haber compartido corteinglés con el chándal y la mochila en cuyo pequeño bolsillo exterior se extiende en relieve el mismo símbolo que prende con discreción su pecho y el filo del bolsillo izquierdo al muslo de su pantalón. Se suelta la correa y por el extremo libre de hebilla ensarta el anillo directamente de su boca, lo deja caer en curva hasta que choca contra la caja del reloj, que vuelve a dejar cerrado y va a parar al vientre marsupial del logotipo, que cicatriza con un cremallerazo que encadena con otro mayor para abrir en canal la silueta del cuerpo fláccido cuyo cadáver deposita en la taquilla y va alimentando con un striptease sistemático para el que nos ha pedido prestada una de las sillas que dejamos abandonadas al fondo del pasillo, que le llevo en vilo hasta su puerta, recoge dándome las muchas gracias, se sienta y empieza a proceder: se desata la zapatilla del pie derecho, la afloja, se la quita, pone los cordones dentro, tira del talón del calcetín tobillero para sacarlo de su pie, cubrir con él el garabato de cordones que dibujó en la plantilla, se calza la chancla correspondiente antes de repetir la escena con pasmosa simetría y ponerse en pie para encajar sobre la base de la mochila el par de deportivas que cubre en primer lugar con el trapecio de tela que ha formado tras doblar del revés la chaqueta abierta de su chándal en tres, a continuación el pantalón, que se baja a dos manos hasta sus rodillas con una ligera flexión y vacía de sus piernas con una pausada recreación de la postura de descanso de los flamencos de neón: una pierna estirada plantada en el suelo y otra doblada en un ángulo de 45 grados sobre el que desliza el elástico de la cintura hasta la parte final dobladilla de la pernera de tela por donde hace cruzar su pie calzado con una tensión de empeine y dedos que presionan la chancla contra su planta para evitar cualquier tropiezo, enganche o roce. Es perfecto. Cómo pliega su pantalón en dos, lo dobla y elimina la simetría de la prenda con un impecable juego de manos que es también de palabras —doblar el pantalón para que deje de ser doble— y va a cuadrarlo al interior de la boca mochilera que traga sin masticar, con los dientes de la cremallera separados. En camiseta y calzoncillos, en blanco, sin marca, sin frase ni dibujo, el cuerpo a medio vestir del hombre de la 43 queda al fin en un silencio que rompe la repetición del tono despertador de mi teléfono. «¿Y eso?» «Nada, no te preocupes, es la alarma de mi teléfono. Suena cada cinco minutos.» «¿Y no lo vas a apagar?» «Así no me quedo dormido», a lo que me devuelve un «Pues bueno, lo que tú digas» impreso en una sonrisa prieta que mantiene al girarse hacia el interior de su taquilla para coger la toalla que le dieron al entrar, un rictus intimidatorio que ya ha desaparecido cuando la despliega y la deja colgando del canto superior de su puerta abierta; un gesto que en el código textil de saunas gays, gimnasios y piscinas climatizadas señala que nos disponemos a despojarnos de la ropa interior para cubrirnos con la toalla a modo de falda lápiz cuya abertura lateral resultará directamente proporcional al perímetro de la masa corporal del usuario; si bien mientras en los vestuarios de las instalaciones deportivas funciona como un deshabilitador momentáneo de miradas directas, en las saunas como esta suele marcar el instante perfecto para calibrar a ojo el material de forma frontal y así evitarse el posterior y poco delicado gesto de esculpido genital en altorrelieve sobre algodón blanco con mano cerrada en garra alrededor del paquete a evaluar. Yo, en lugar de leer NO MIRES AHORA o MIRA AHORA, me quedo con el adverbio invertebrado que se sostiene erguido entre signos de admiración: ¡AHORA!

Los calzoncillos tienen las piernas más cortas que las mentiras —por no hablar de los que llevan relleno, mecanismos elevadores, acolchados traseros y demás últimos lanzamientos a la basura del anglicismo «wonder» como prefijo inseparable que encontró su nuevo hogar de acogida en las hornacinas de los talleres de confección lencera de ficción unisex después de haber comandado durante tantos años el santoral adyacente a las pilas bautismales de aguas radioactivas para superhéroes de segunda—, y quitárselos en presencia de otros sin agachar la cabeza es casi imposible, a menos que uno esté dispuesto a arriesgarse a perder la escasa compostura que la situación permite, por culpa de un mal cálculo en el juego de piernas balanceándose a ritmo de charlestón manos libres hasta que la prenda cae a los tobillos, uno de los cuales se libera de ella mientras que con el otro se sostiene enroscado para levantar con la pierna correspondiente, a media altura accesible para su recogida, un delicado paso final en el cual un exceso de ímpetu en la elevación puede hacer que el calzoncillo salga volando por encima de la cabeza y cruce el reducido espacio aéreo del vestuario, la sala de taquillas, o cualquier otro espacio común donde tal cosa suceda para estupor entre divertido y aterrado de los compañeros que siguen con su mirada la trayectoria del proyectil catapultado para así evitar siquiera un roce en su descenso. Un asco.

Los calzoncillos tienen las piernas cortas, por eso Mateo interpretó como el suyo ese momento cuando el casi recién llegado se inclinó para dejarse el culo al aire, avanzó, alargó su brazo por encima de él hasta su mochila y en dos zancadas llegó hasta su taquilla, la abrió del tirón, echó la mochila dentro y cerró bajo llave, que encajó como pudo en el pequeño bolsillo delantero bajo la cinturilla de su pantalón. Entonces volvió a adelantarse hasta la puerta de la 31 y espiró de golpe.

¡AHORA!
(A HOSTIAS, ya verás...)

Las ve venir «Darío», que tras haber seguido boquiabierto el vaivén de Mateo, rodea al recién robado con rapidísima precaución, abre mucho los ojos, las fosas nasales, aprieta los dientes, coloca las manos delante del pecho al pasar a su lado y retrocede sin dejar de mirarle hasta tropezar con uno de los pies de Mateo, que le sujeta por los hombros cuando trastabilla y está a punto de caer, que le pide un perdón que salta de un resorte, le sonríe e hiperventila, todo a la misma vez.

—¿Qué cojones...? —Va hacia ellos, deja caer al suelo los calzoncillos que le cuelgan de una mano, se acerca a gritos, patea la silla de plástico que rueda y se estampa contra las taquillas, levanta un brazo, echa el hombro hacia atrás para tomar impulso y le atiza un puñetazo a Mateo en la cara que le salta las gafas, rotas, antes de que a «Darío» le dé tiempo a sujetarle, primero de las muñecas, después los brazos a la espalda.

—¡Suéltame, joder, suéltame!

—¿Pero qué pasa ahora? —El chico de la entrada (y de las múltiples salidas profesionales: taquillero, recepcionista, camarero y ahora jefe de los servicios de seguridad del local) llega corriendo desde el bar, detrás de otra barra, metálica, que sostiene a dos manos, ahí plantado, con las piernas abiertas y la mirada que dispara como un arma de repetición contra los tres hasta apuntarla hacia la sangre de Mateo, que va desde su nariz a su camisa, le empapa las manos, embadurna las gafas partidas que recoge del suelo y la resopla sobre los labios para evitar tragarla. «¿Y a ti, qué te ha pasado?»

—Que le he calzado una hostia, por ladrón: me ha cogido

la mochila de mi taquilla y la ha metido en la suya, en esa, ahí.

—¡Que me sueltes, te he dicho!

—¿En cuál?

—Ahí, en la 31 —señala ya con las dos manos libres.

Mateo guarda sus gafas rotas en el bolsillo de la camisa, se incorpora con las dos manos apoyadas en el suelo que, una vez de pie, van a encajarse en la parte baja de su estómago para masajearla, como si todo lo que acabara de sucederle le hubiese revuelto las tripas, y echa la cabeza hacia atrás. «Darío» se acerca hasta él, endereza la silla tirada en el suelo y le ayuda a sentarse, le sostiene a dos manos del brazo que termina en un puño cerrado mientras con el otro Mateo se abraza a sus hombros para pegarle su boca a la oreja y preguntarle en un rápido susurro espeso, sucio y sanguinolento, «¿Tienes papeles?», que teme ininteligible cuando se queda solo, abatido sobre el respaldo, mirando al techo de frente, al frente de reojo y a «Darío» salir andando de espaldas a él, «¡Darío!».

—Sí, ya voy, sin problema.

—¿Dónde vas tú?

—A traer papel higiénico.

—¡De aquí no se mueve ni Dios hasta que me devuelvan mi mochila, joder!

El taquillero alarga el brazo hasta la puerta de la 43, agarra la toalla que cuelga de ella y se la lanza a Mateo —«Toma, límpiate...»—, que se seca la cara, las manos, la camisa, el pantalón, escupe la sangre que le ha venido a la boca, se cubre la nariz y la boca con las dos manos sentado boca arriba, traga muy despacio, con dolor, y agacha la cabeza hasta erguirla a su posición normal —«... y ahora me cuentas qué coño es esto».

—Que es verdad; se la he robado. Que llame a la policía.

—¿Cómo que llame a la policía? Tú ahora mismo me abres tu taquilla y me la das.

—No.

—¿Cómo que no?

—No tengo la llave.

—¿Qué?

—Pero, ¿qué llave, qué taquilla?

—De la suya, joder, de esta, ¿no oyes? Es su teléfono.

—Pero su taquilla no es esa.

—Qué hijos de puta...

—¡Quieto! ¡QUIETO!

12

Miedos

«Toma, límpiate...»

La garganta duele al tragar y tiene el sabor de la sangre que cae de la nariz, que no duele, ni siento que esté rota, ni el tabique se mueve ni parece nada importante; solo el golpe del puente de las gafas que ha debido de romperme algunas venitas, nada más que esa incomodidad y este escándalo en escarlata, que me da un victimismo más aparatoso, ahora que estoy a punto de acoplarle un par de ruedas a esta silla de plástico barato para transformarme en un sosias de Ironside entre formica y azulejos. Si duele al entrar, más dolerá al salir, me permito temerme después de pasar el miedo que me ha dado ver cómo al bestia ese se le ponía la polla dura mientras me sacudía el puñetazo y tomaba impulso para arrearme más; se la he visto de refilón y he sentido una exótica mezcla cargada de espanto y de cierto orgullo vergonzante de buen cliente pasivo que nunca exige cosas raras, no se pone violento con los chaperos, suele dar propina y hasta les pregunta sobre su vida, por si estuvieran ya cansados de escuchar historias de puteros amargados y, para variar, quisieran contar la suya. No me ha asustado el golpe que venía, ni los que pudieran caer, no ha sido eso, sino la certeza de un placer brutal tensado a hostia limpia del rastro de disfraz, arneses, látigos o máscaras que le hubieran conferido a todo una proyección teatral de irrealidad. Ha sido miedo de él y de su ira desnuda, amenazadora, pendenciera, no por mí; soy bueno encajando, me lo había buscado y me esperaba el puñetazo, pero me ha acojonado su erección. Después, que la llave se me quedara atravesada en la garganta, la fuera a vomitar o me ahogara con ella. Ahora, pensar que lo que me ha dolido al entrar no es ni mucho menos cuánto me temo que dolerá a salir.

«... y ahora me cuentas qué coño es esto.»

Me encanta que me hagas esta pregunta.

13

El poder

Puedes llamar a la policía, y contarles que has visto cómo te robaba la mochila y la guardaba en una taquilla, aunque no has visto en cuál. No importa: bastará con que el taquillero revise la cuenta de consumiciones del bar para saber que la mía es la 26, ahí debe de estar. Pero no tengo la llave, ni nada que me relacione con su contenido: ahí dentro solo encontrarán tu mochila, nada más, y no creo que un registro cutre de cocacolas y cafés asociados a un número vaya a probar nada.

Puedes llamar a la policía, y vendrá. Cuando los agentes nos pidan la documentación, les diré que la mía está guardada en la taquilla 31, dentro de mi bolso, que me robaron sin que me diera cuenta nada más entrar aquí, hace más de seis horas, y que el amable recepcionista se ha negado a abrir la puerta de la taquilla a pesar de haberle demostrado que mi teléfono estaba dentro y haberle prometido que le mostraría mi DNI en cuanto pudiera hacerlo. A las preguntas policiales, seré capaz de responder con una descripción minuciosa de mi bolso Birkin Hermès de piel naranja, de hacer una lista detallada de todo lo que llevo dentro e incluso de dar el nombre de las listas de reproducción que tengo en el iPod, las fotografías que guardo en la cámara digital, lo último que escribí en mi cuaderno, las ristras de abalorios que me sirven de llavero, el dinero que hay en la cartera o la marca de mis gafas de sol graduadas, que les pediré que me permitan ponerme para sustituir a las otras, que me rompiste de un mamporro. Yo recuperaré por fin mi bolso y tú tendrás tu mochila y una denuncia por agresión, en cuya copia, además, figurarán tus datos completos, de modo que no me será nada difícil hacerme con la dirección de tu casa, donde me presentaré el día que menos te lo esperes para contarle a tu mujer o a tu marido de qué y de dónde nos conocemos tú y yo. ¿Qué te parece?

Claro que también podemos resolver esto de una manera mucho más civilizada: yo te pediré disculpas (la explicación de por qué te robé la mochila ya no te hace falta, te la acabo de dar), tú a mí también, y juntos exigiremos al encargado que nos abra con sus llaves la taquilla 31 y la 26, de manera que así los dos podamos recuperar lo que es nuestro. Seguro que si somos dos los que se lo pedimos —y más si uno de ellos es alguien con tu carácter y tu facilidad para soltar el puño—, esta vez el camarero no podrá negarse ni alegar que no está autorizado a abrir ninguna taquilla sin el consentimiento del cliente. Seguro que no, ¿verdad, amigo? Sí, tú. Es más, incluso tendré la gentileza de mantenerme apartado de la taquilla donde está mi bolso ahora y resistir la tentación de echar un vistazo al interior para confirmar si mis sospechas son acertadas, y ahí dentro no queda nada más que mi Birkin —lleno, por supuesto—, que lleva toda la noche solo en un espacio vacío, que no hay tal hombre de la 31, y que fuiste tú quien me robó el bolso, quien vino aquí a revisar mi balance de pérdidas después de haberme visto entrar borrachísimo, empapado, hablando solo, haciendo eses; tú, que te has convertido en todo un experto en rapiñar botines de ebrios olvidos, que podría ser un título precioso para un libro de poesía: «Botines de ebrios olvidos», ¿no creéis?

Claro que, por poder, el hombre en camiseta blanca también puede inclinarse hacia su derecha, arrebatarle a dos manos y de un codazo en el esternón la barra de metal al taquillero, ignorar sus gritos, los inservibles brazos de «Darío» cuando pierde el equilibrio al intentar detenerle, abalanzarse sobre ti con los brazos y el rabo en alto, y golpearte de pleno en la sien izquierda. Sin más, sin que te vaya a dar tiempo a trazar tu filigrana final de novela policíaca de delitos comunes y delincuencias cotidianas con sus puntas abiertas entrelazadas en sencillos nudos marineros.

Por poder, tiene mucho más el impacto de una contundencia mortal que el runrún de un inverosímil monólogo resolutivo. Poder narrativo, quiero decir. Alégrate. ¿No estás contento?

14

Muerto

La cabeza en diapasón cambia de tono, vibra por dentro a 435 vibraciones por segundo. Se vence, se desploma, cae, retumba inmóvil, percibe el movimiento convulso del resto del cuerpo, de abajo al cuello, sube y queda ahí embudado, contra las cuerdas vocales que gorjean jerigonza en burbujas; nada es entendible, solo un borboteo que permanece dentro, en un circuito hermético hasta que agote el aire que ha dejado de entrar.

Me muero.

Es esto.

Un abandono perfecto, un cuarto de estar sin afán de observarlo todo, recordar nada, no hay nada que contar.

La nada sin cuenta atrás.

Así, tan plácido, tan quieto al fin, tan masculino.

Índice

CABALLO DE TROYA

Para entrar o salir de la ciudad sitiada

Títulos publicados:

Palestina. El hilo de la memoria (3.ª edición). *Teresa Aranguren*
El malestar al alcance de todos (2.ª edición). *Mercedes Cebrián*
UnaMujerSola. *Isabel Blare*
Carrera y Fracassi. *Daniel Guebel*
Los mercaderes en el templo de la literatura. *Germán Gullón*
Lo que no da igual. *María A. Delgado Mansilla*
Unas vacaciones baratas en la miseria de los demás. *Julián Rodríguez*
Los comedores de tiza. *Óscar Aibar*
Dados blancos. *Alfonso Pexegueiro*
Los años de aprendizaje de María V. *Ángeles Valdés-Bango*
El dueño del trigo. *Pilar Cibreiro*
Sorbed mi sexo. *Milo J. Krmpotic*
La época del agua. *Elena Belmonte*
El Cantar de Gamyl. *Javier Pascual*
Todos los caminos conducen al laberinto. *Alberto Sampablo*
Tres historias europeas. *Lolita Bosch*
El año que tampoco hicimos la Revolución. *Colectivo Todoazen*
Trece por docena. *Varios autores*
El esqueleto de los guisantes. *Pelayo Cardelús*
Curso de librería. *Fernando San Basilio*
La expectativa. *Damián Tabarovsky*
Cartas clandestinas de un cartero casi enamorado. *Pablo Caballero*
Los misterios de Barcelona. *Antonio-Prometeo Moya*
Últimas conversaciones con Pilar Primo (2.ª edición)
Antonio-Prometeo Moya

La frontera Oeste. Abecedario de un emigrante. *Suso Mourelo*
Olivo roto: Escenas de la ocupación. *Teresa Aranguren*
Mercado Común. *Mercedes Cebrián*
Utilidades de las casas. *Isabel Cobo Reinoso*
El llanto de los caracoles. *Mercedes Beroiz*
La ciudad en invierno (2.ª edición). *Elvira Navarro*
Periplos y derrotas del *chancro* de Azamor. *Javier Pascual*
Leer con niños (2.ª edición). *Santiago Alba*
Dejen todo en mis manos. *Mario Levrero*
El discurso vacío. *Mario Levrero*
La aldea muerta. *Xurxo Borrazás*
Si vuelves te contaré el secreto. *Mónica Gutiérrez Sancho*
El silencio. *M.ª Ángeles Cabré*
Resaca / *Hank Over* (2.ª edición). *Varios autores*
Una puta recorre Europa. *Alberto Lema*
Visto para sentencia. *Rafael Reig*
El fumador y otros relatos. *Marcelo Lillo*
Inmediatamente después. *Eva Fernández*
Todo lleva carne. *Peio H. Riaño*
Soy una caja (2.ª edición). *Natalia Carrero*
Bernardo Hermes (El alma rota de Dios). *Juan de Luna*
Materia prima. *Francesc Serés*
Algunas ideas buenísimas que el mundo se va a perder. *Alberto Olmos, ed.*
Sidecar. *Alberto Lema*
Opendoor. *Iosi Havilio*
Las primas. *Aurora Venturini*
Realidad. *Sergio Bizzio*
Era el cielo. *Sergio Bizzio*
El niño pez. *Lucía Puenzo*
Pisos vacíos. *Rafa Russo*
La paz social. *Antonio Doñate*
La manía de leer. *Víctor Moreno*

El hijo del futbolista. *Coradino Vega*
Las habitaciones vacías. *Ramón Lluís Bande*
Mejorando lo presente. *Martín Rodríguez-Gaona*
Desorientación. *Elisa Iglesias García*

El hijo del futbolista

CORADINO VEGA

CABALLO DE TROYA

nuevos autores nuevas propuestas nuevas voces

Mejorando lo presente
Poesía española última: posmodernidad, humanismo y redes

MARTÍN RODRÍGUEZ-GAONA

CABALLO DE TROYA

nuevosautoresnuevaspropuestasnuevasvoces